BJ Alex

REC

EPISODE 21 S. 7

EPISODE 22 S. 35

EPISODE 23 S. 65

EPISODE 24 S. 97

EPISODE 25 S. 125

INHALT

EPISODE 26
S. 161

EPISODE 27
S. 187

EPISODE 28
S. 215

EPISODE 29
S. 241

EPISODE 30
S. 269

BJ Alex

EPISODE

21

BJ ALEX

Pschhhhh

Pschhhhh

Woah ...
Wo hat er das denn bloß her?
Klack

Dong-Gyun ...
Tapp
... hast du solche Toys schon mal ausprobiert?

Nein ... Ich weiß ehrlich gesagt nicht einmal, wie man die richtig benutzt.
Flomp
Ich hab die nur mal bei einem anderen Streamer gesehen.
Vielleicht kennst du ihn auch. Er heißt BJ MD ...

...!!

So was wie Bondage ist nicht mein Ding, aber aus Neugier habe ich mir das ein paar-mal angesehen.
Er und sein Partner haben solche Toys be-nutzt und als ich ...
... das ge-sehen habe ...
... bin ich neugierig geworden, wie es sich damit wohl an-fühlen würde.
Kratz

Du hast dir MDs Show angeguckt?
Ähm ... Ja.
...
Grooh
Tsk!

Du, Jiwon ...
... machst du so was öfter?
Klink

...
Können wir nicht die Augenbinde und die Handschellen weglassen, wie sonst auch?

Nein.
Schwupp
Ugh!

Uwah!
Schreck

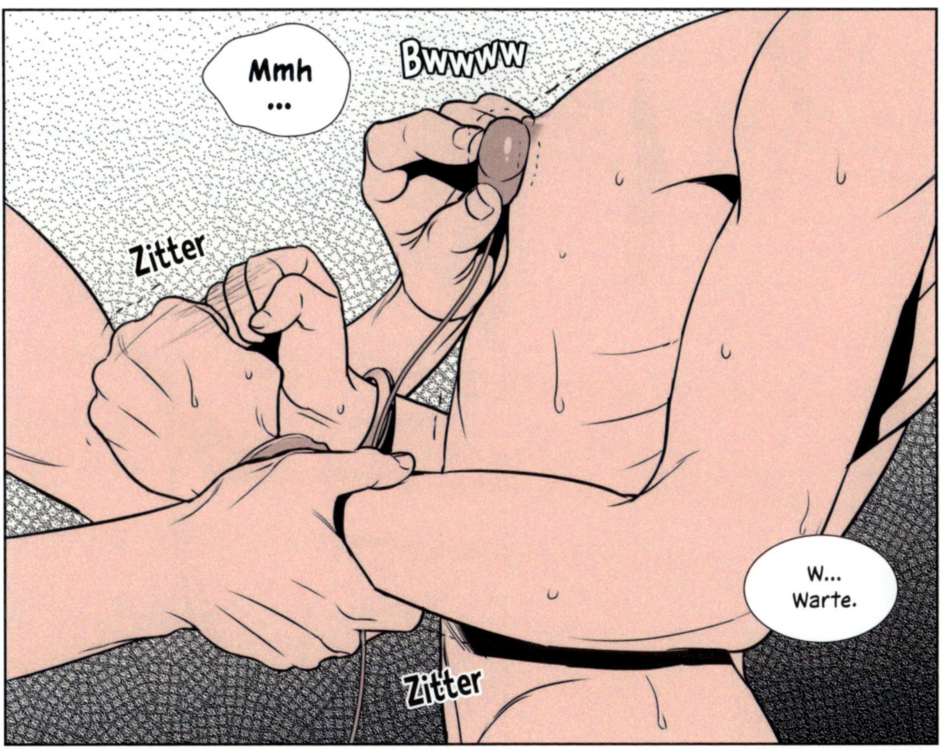
Mmh
...
Bwwww
Zitter
W...
Warte.
Zitter

Hnah
Zuck
Ah
Bwwwww
Haah ...
Bwwww
Zuck
Vrrrm
D... Das fühlt sich ...
... k... komisch an!

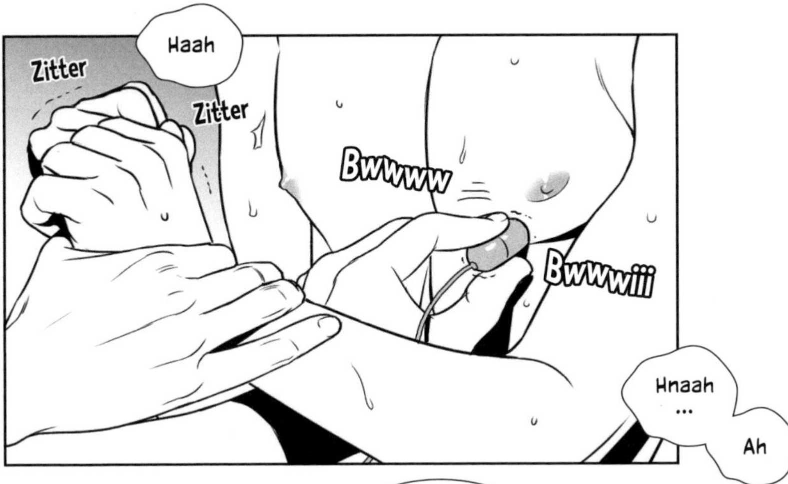
Haah
Zitter
Zitter
Bwwww
Bwwwiii
Hnaah ...
Ah

J... Jiwon, kannst du mir die Augenbinde nicht abnehmen ...
Haah
Zuck
Zitter
Vrrrm
Haah
Ngh
Zitter
Hnah

Haaah!
Vrrrrrm
Zuck
Haah
N...
Nicht da!
Ah!
Zuck
Zuck
Haah
Aah!
Ah ...

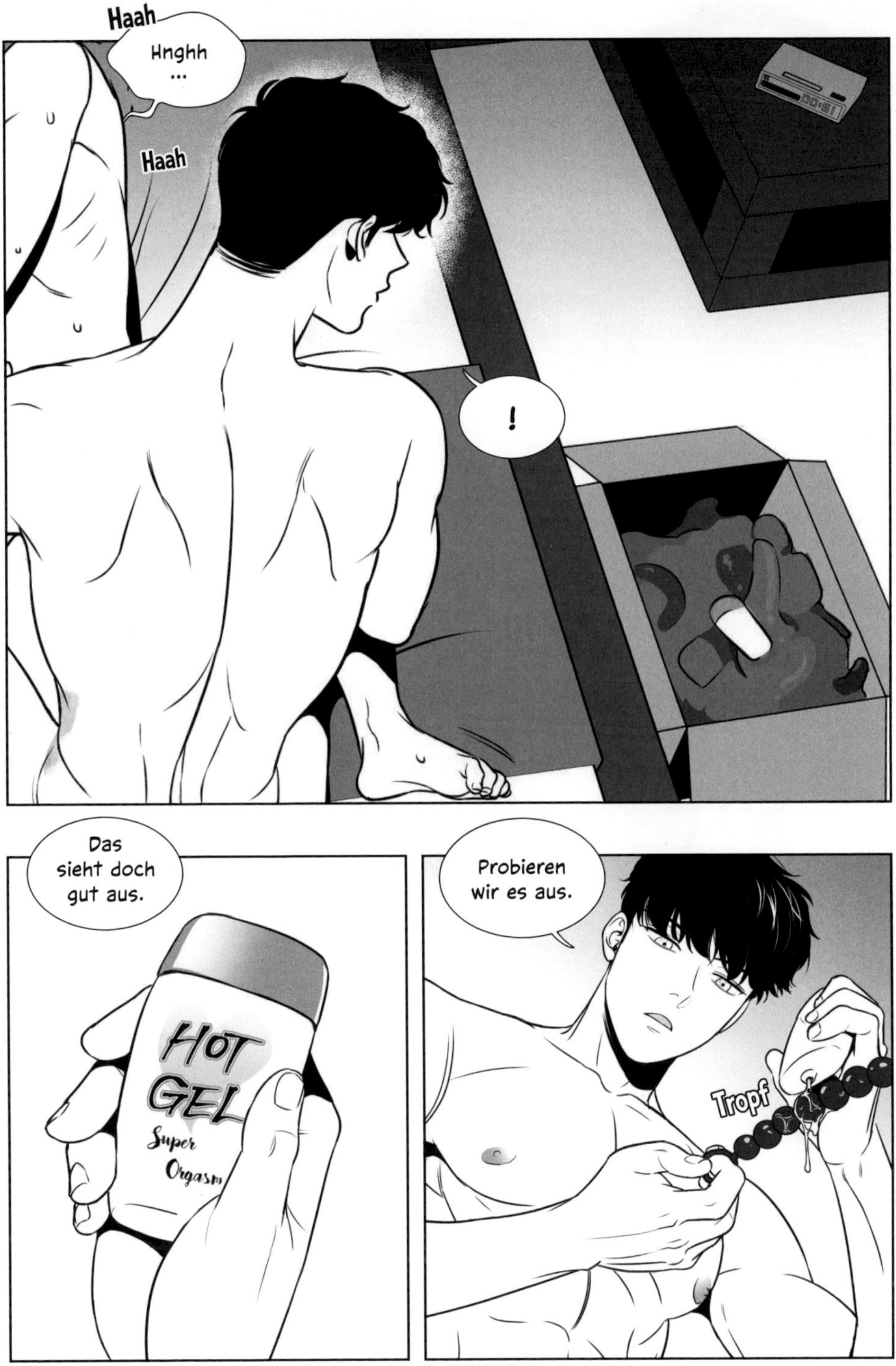
Haah
Hnghh ...
Haah
!
Das sieht doch gut aus.
HOT GEL
Super Orgasm
Probieren wir es aus.
Tropf

Was macht er da? Nichts sehen zu können, ist echt unheimlich!
Haah
Haah

Aah!
Schreck

Hiiiah!
Haah
Ah!
Zuck
Zuck
Klink
Warte, das tut w...!
Gwwp
Gwp
Hnah!
K... Kannst du nicht wenigstens meine Hände ...
Ah!
Zuck
Gwwp
Zuck
Hngh!

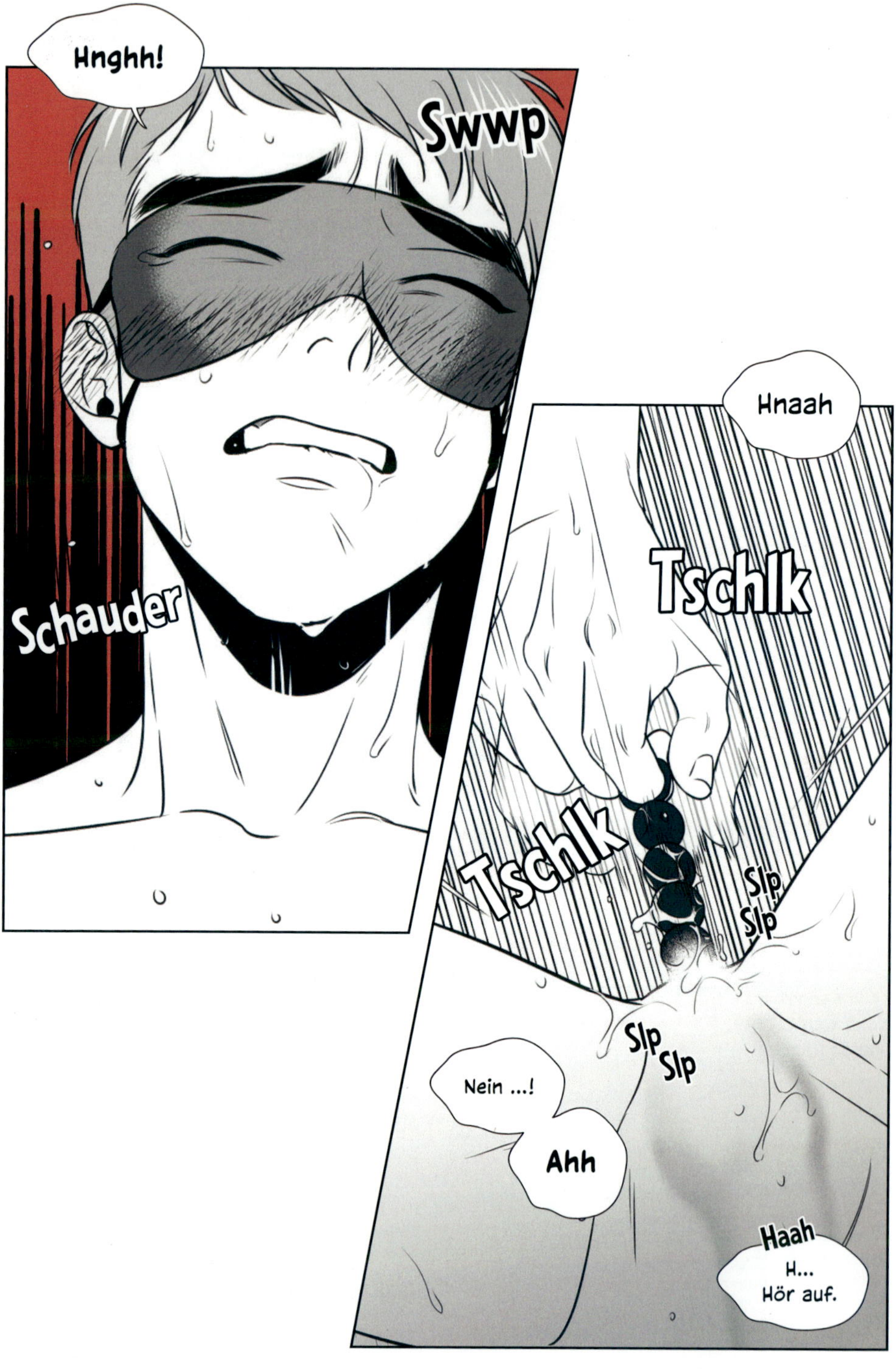
Hnghh!
Swwp
Schauder
Hnaah
Tschlk
Tschlk
Slp
Slp
Slp
Slp
Nein ...!
Ahh
Haah
H...
Hör auf.

Warum sollte ich?
Du wolltest die Toys doch ausprobieren. Ich helfe dir lediglich dabei!
Haah!
Haah
Zuck
Tschlk
Zuck
Slp
Tschlk
Slp
Ngh!
Ah!

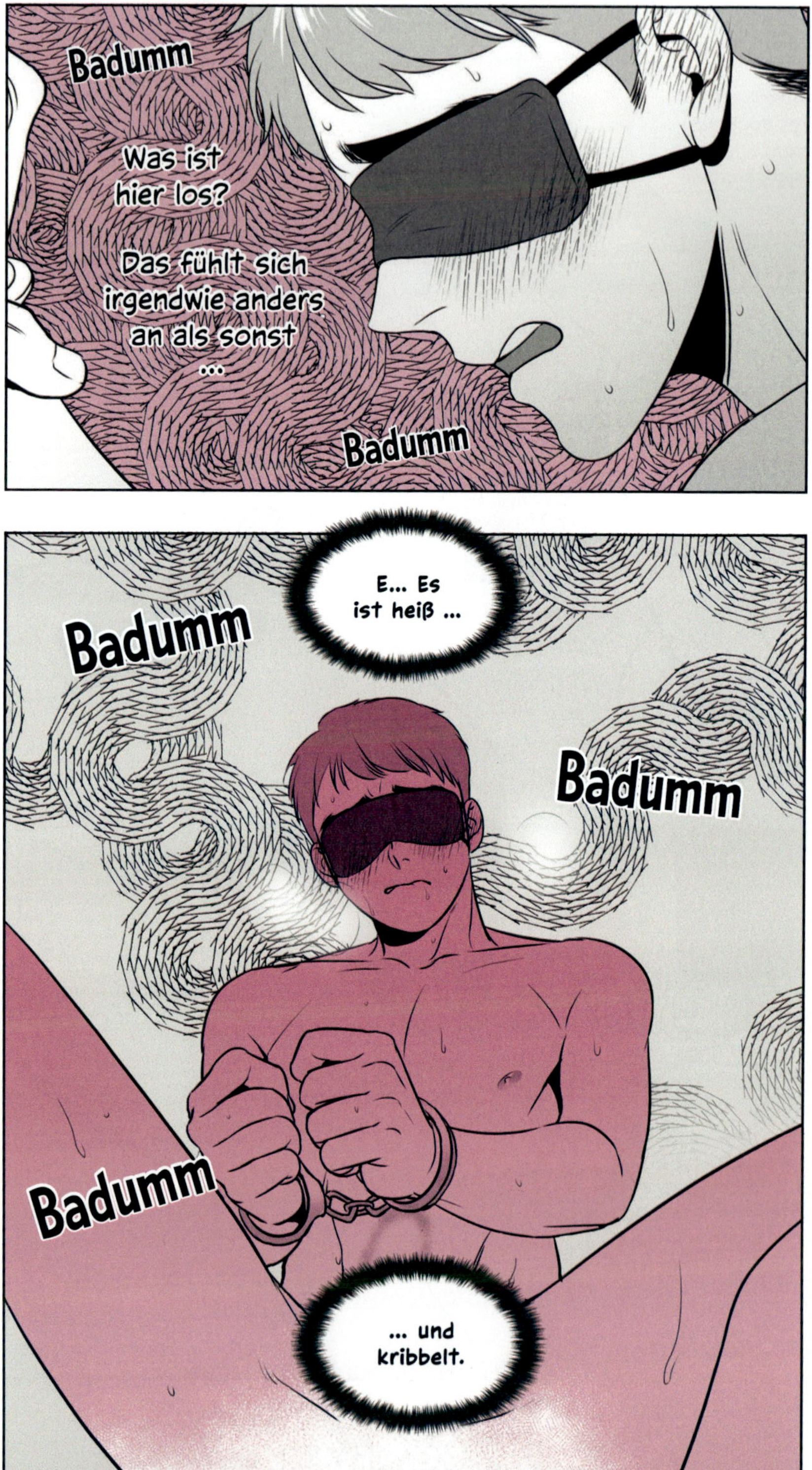

Badumm
Was ist hier los?
Das fühlt sich irgendwie anders an als sonst ...
Badumm
E... Es ist heiß ...
Badumm
Badumm
Badumm
... und kribbelt.

D... Das kribbelt ... H... Hör auf ...
Haah
Haah
...
Uuagh!
Plopp
Plopp
Zuck
Slp Slp
Ah!
Tschack

Ah ... Ah!
Gwwp
D... Das ...! Nimm das r... raus ...!
Zuck
Bwwww
Haah
Ich will das nicht!
Ach, echt? Als ob!
Du wolltest die unbedingt ausprobieren, also ziehen wir das durch.
Tropf
Zitter
Zitter
Bwwww
Ah
Nngh ...

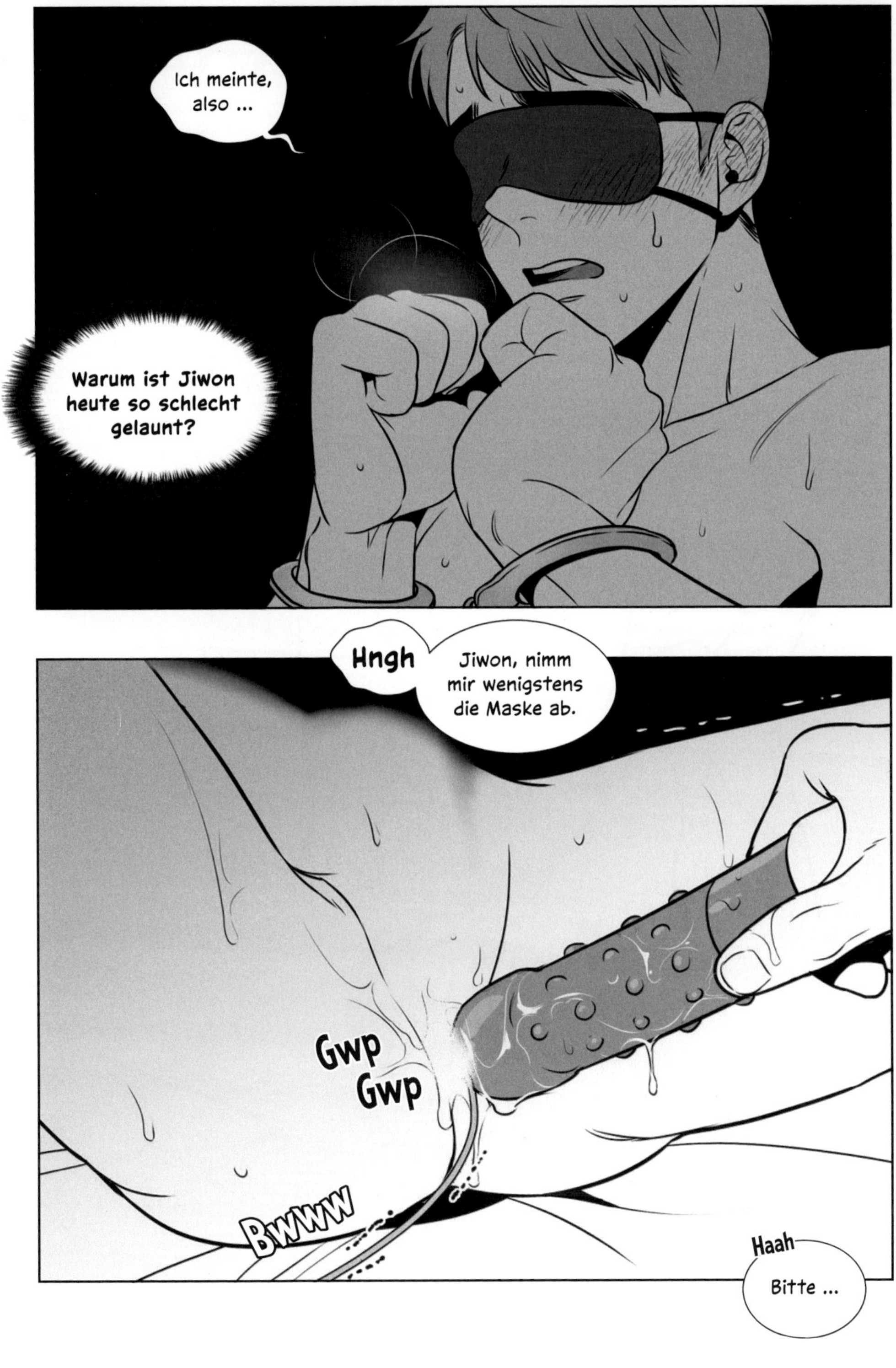
Ich meinte, also ...
Warum ist Jiwon heute so schlecht gelaunt?
Hngh
Jiwon, nimm mir wenigstens die Maske ab.
Gwp
Gwp
BWWW
Haah
Bitte ...

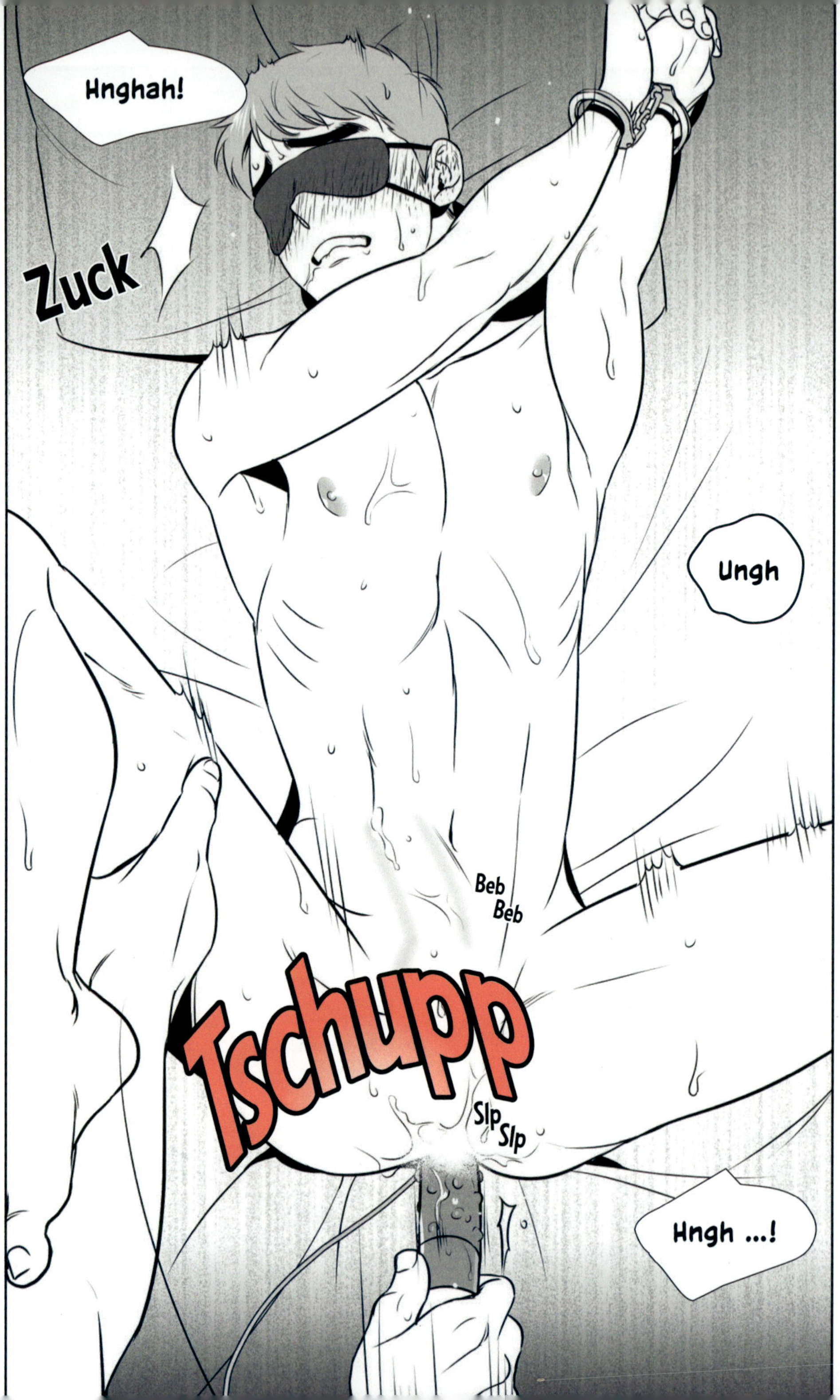
Hnghah!
Zuck
Ungh
Beb
Beb
Tschupp
Slp Slp
Hngh ...!

Ngh
H... Hör auf !
Bwwwwww
Zuck
Ahh
Ah!
Zuck
Wenn ... Wenn er so weitermacht, kann ich nicht mehr klar denken.
Zitter
Zitter
Haah
Klick

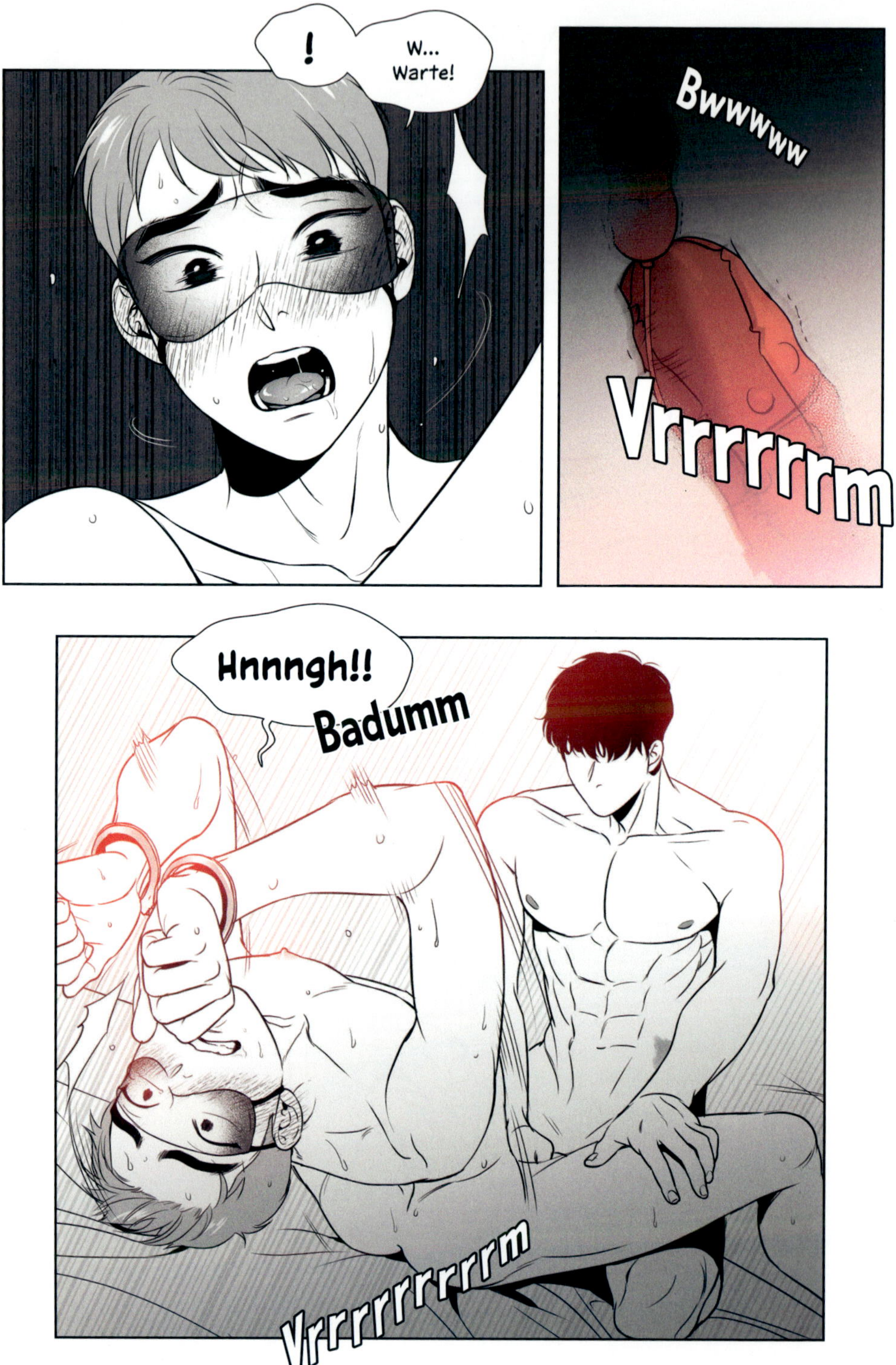
!
W... Warte!
Bwwwww
Vrrrrrrm
Hnnngh!!
Badumm
Vrrrrrrrrm

Ah
Das t... tut weh ...
Zuck
Tropf
Vrrrm
Haah
Hnah
Bwwwww
Ah
Haah
Nimm ... Nimm das raus ...
Haah!
...
Haah ...
Ah
Zuck
Zuck
Gwp
Bwww
Hnah!
Schnüff

Hngh
Bitte hör auf ... Ich hab Angst ...
Zitter
Zitter
Haah
Zitter Zitter
Hngh
Nimm das raus ...

...!
Hngh
E... Es tut mir leid ...
Nimm es raus ...
Schnüff

Ngh
...
Vielleicht haben sie gar nicht über etwas Bestimmtes gesprochen?

Also warum bin ich dann so weit ge- gangen?

EPISODE

22

BJ ALEX

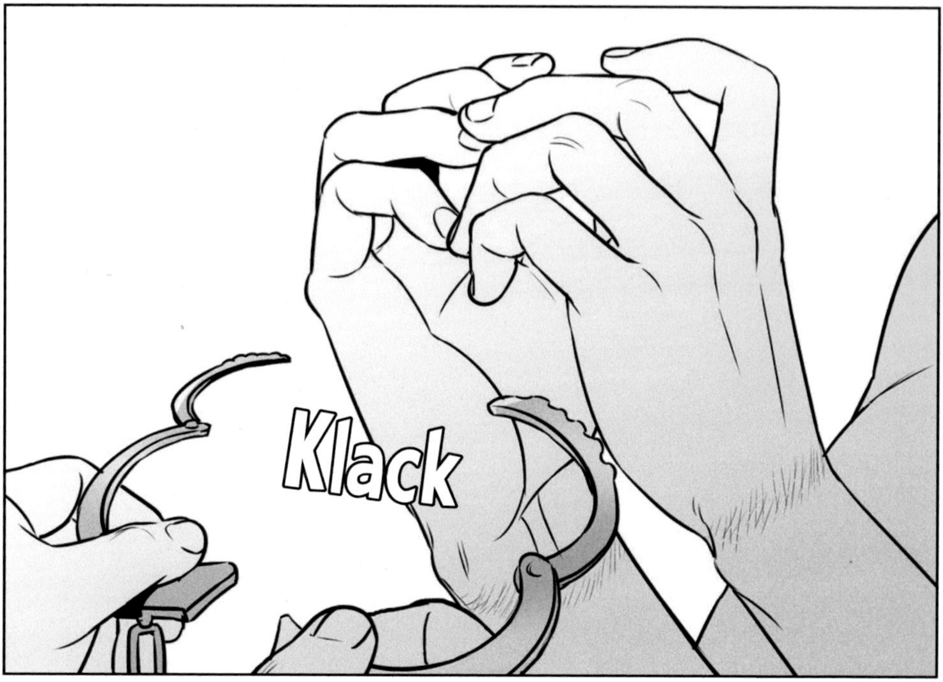
Klack

Klakling

Schnüff
...
Ssk
Ssk

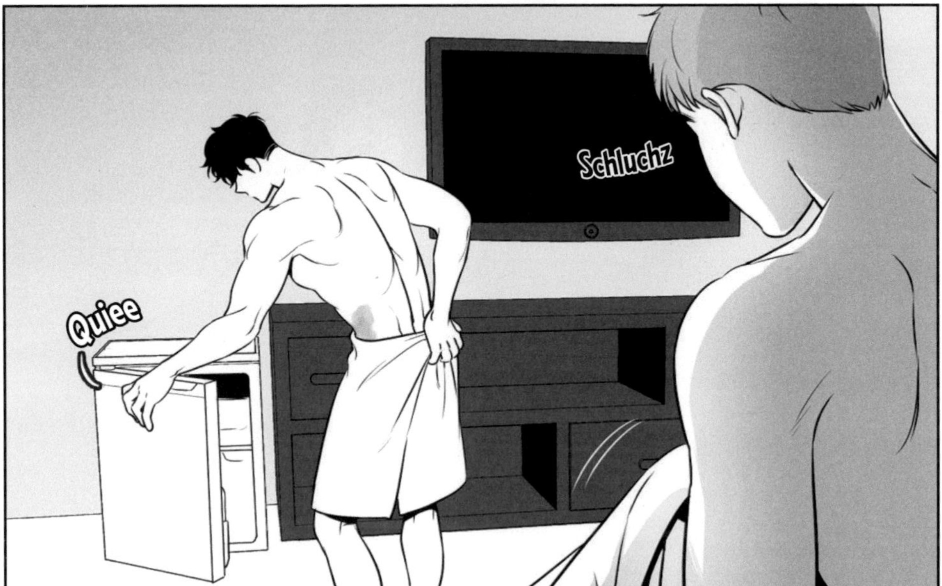
Schluchz
Quiee

Uuuh
Haah
Sst
...

Hier, trink das.
Schwupp
!
Hm ... Das war tatsächlich so unheimlich, wie ich es erwartet hatte.
Schnief
...
Ich glaube, das ist auch nicht meins ...

Aber wo hast du denn dann die ganzen Toys her?
Die waren ein Geschenk.
Quiee
Ein Geschenk? Von wem?
Von BJ MD.
!!

Ich habe ihn vor ein paar Tagen in dem Café getroffen, in dem du arbeitest.
Im Café, sagst du?
Oh!
Hah

Das heißt, der Mann, der bei dir war, ist MD?
Genau.
Unglaublich! Aber jetzt, wo du es sagst, sehe ich die Ähnlichkeit.
Ich dachte, das wäre bloß ein etwas zu charmanter Kunde gewesen.

Seid ihr Freunde?
Nein, überhaupt nicht.
Als wir mal gemeinsam was trinken waren, habe ich einen Fehler gemacht.
!!
Seit er diesen Schwachpunkt kennt, macht er immer auf ach so nett.
Ich hasse es, wie er überall rumrennt und jedem sagt, wir wären freundlich gesinnte Rivalen.
Wenn er sich langweilt, geht er anderen Leuten gerne auf die Nerven.
Tschick

Grummel
Vielleicht kriegt der alte Sack ohne Toys keinen mehr hoch ...
Grummel
... und rennt deshalb den ganzen Tag damit durch die Gegend.
Pfuuu
Öhö
Öhö

Du sagst ...
... du hast einen Fehler gemacht? Welchen denn?
Schreck
Ah, Shit!

Das geht dich gar nichts an.
Gwiit
Aua aua

So war das also ...

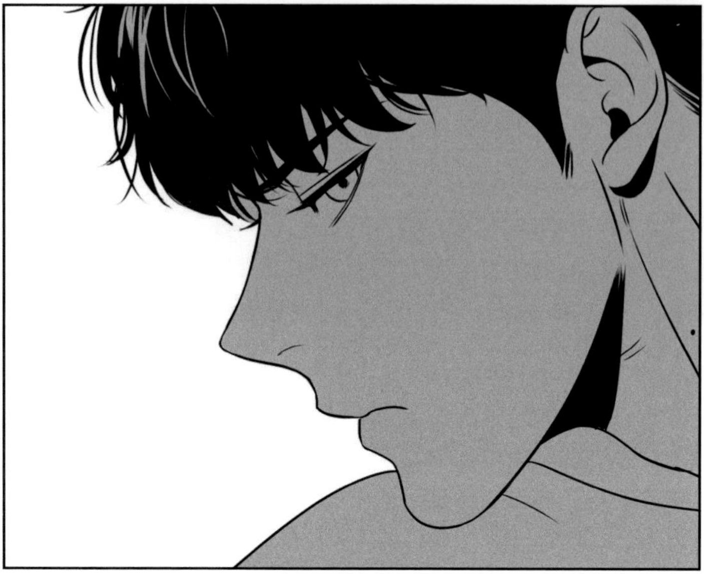

Was hat der Kerl zu dir gesagt?

Ah!
Er hat sich bloß für den Kaffee be- dankt. Ich dachte, er wollte ...
... einfach nur nett sein.
Das war alles.
...
Fschhh
Ach so ...

Du, Jiwon ...
... lief da, also mit dir ...
Hmm
Swt
... und MD ... ähm ...
... zumindest früher ... e... etwas z... zwischen e... euch?
...

!!!
Glaubst du etwa, ich hätte mit dem geschlafen?!
Oh, etwa nicht?
Natürlich nicht!!

Echt jetzt?! Das ist ja ekelhaft!! Typen wie den hasse ich am meisten!!
A... Ach ja?
Schauder
Was heißt hier »ach ja«?!
Ich bin auch überhaupt nicht sein Typ ...
?

Ach, egal.
Wie auch immer, zwischen uns läuft nichts.

Ich hab mich also geirrt.
...
Gluck
Gluck

Bin ich er-
leichtert!

Da war
ich wohl völlig
umsonst eifer-
süchtig.

Ihr saht so vertraut miteinander aus, als ihr euch unterhalten habt. Das habe ich total missverstanden.
Hi hi, ich Idiot.
...
Fwuah

Stimmt.
Du bist echt ein Idiot.
...
Hi hi
...
Zitter
Ah, was ist das?

Seit vorhin ...

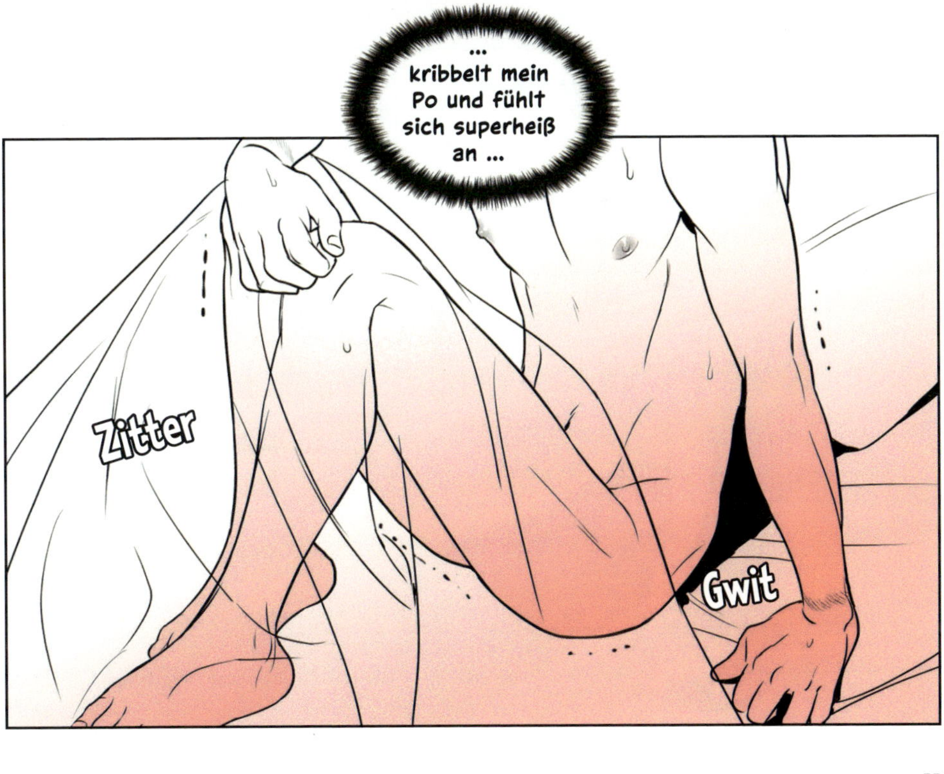
... kribbelt mein Po und fühlt sich superheiß an ...
Zitter
Gwit

Jiwon, ist es in Ordnung, wenn ich zuerst duschen gehe?
Tu dir kei-nen Zwang an.
Wupp

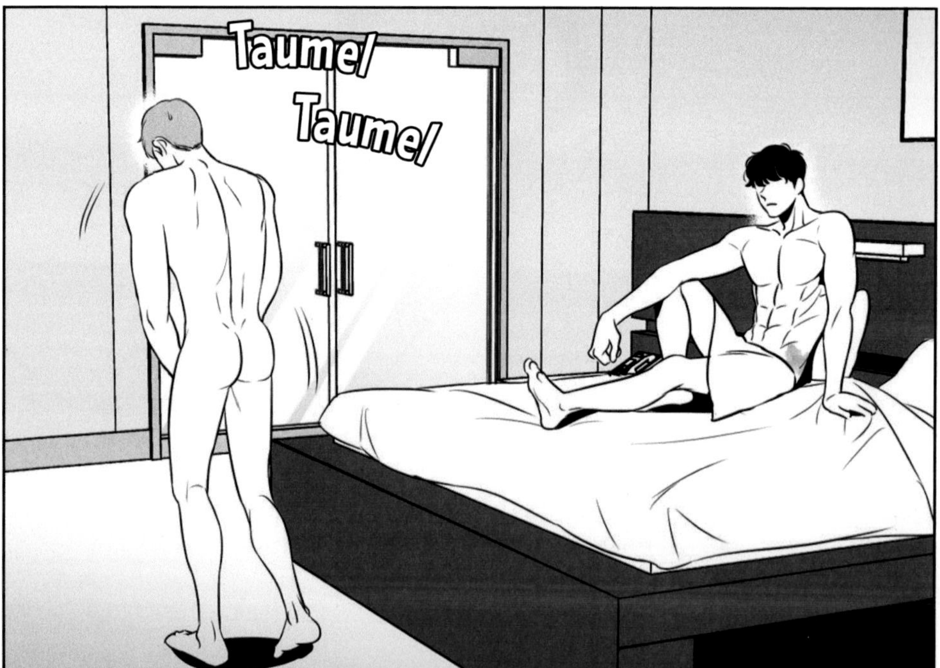
Taumel
Taumel

Hey,
Moment!
Stopp
!!!

Warum hast du einen Ständer?
Fwuaah
...
Bwoin
Bwoin

Wie Peinlich ...
Das habe ich mich auch schon gefragt ...

Argh!
Tropf
Tropf
Ah! Das muss von diesem Gleit-gel kommen.
G... Gel?

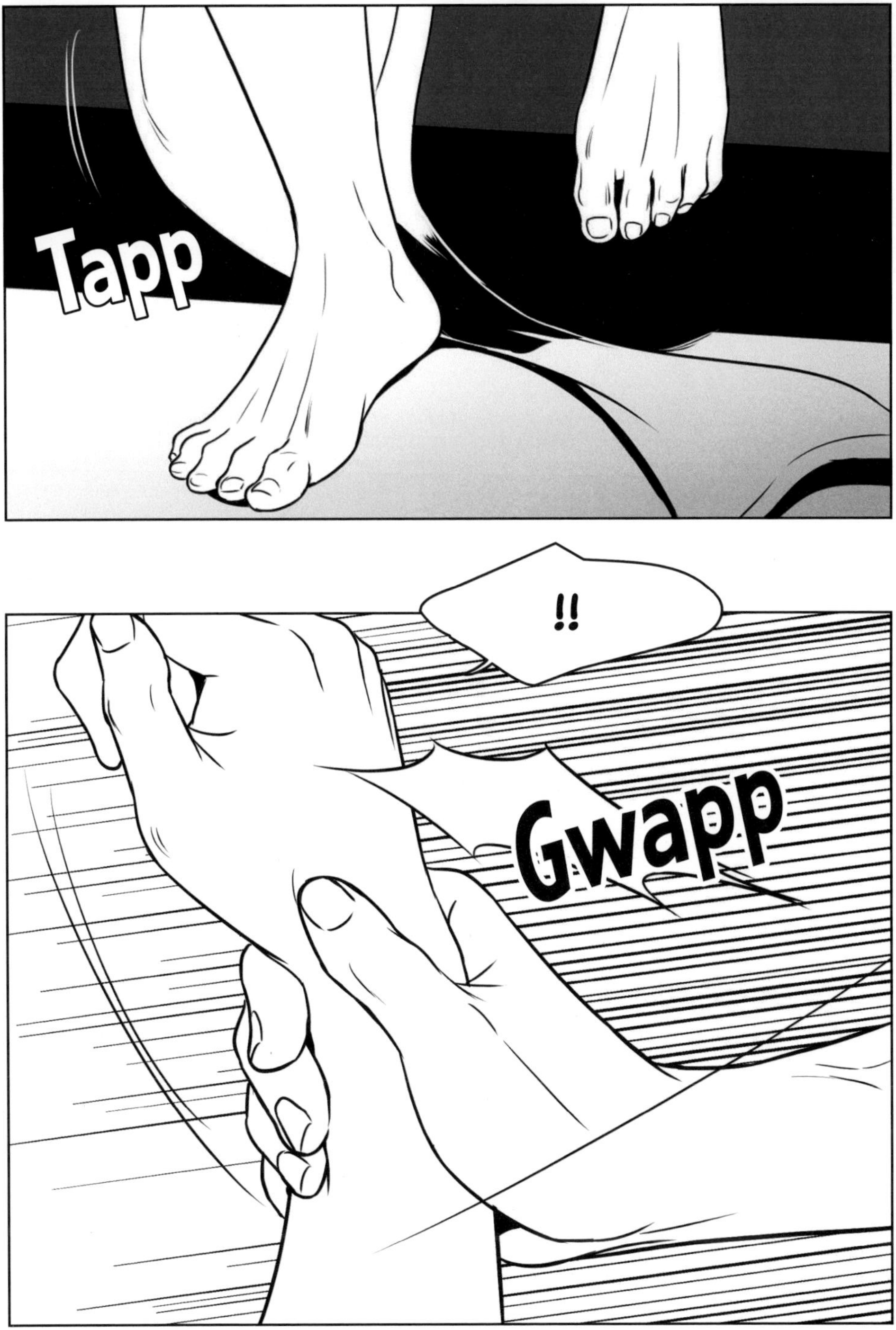
Tapp
!!
Gwapp

Wolltest du es dir alleine in der Dusche besorgen?
!!!

Das geht doch nicht.
Ich bin doch noch nicht einmal gekom-men.

...
Schluck

Quiee
Quiee

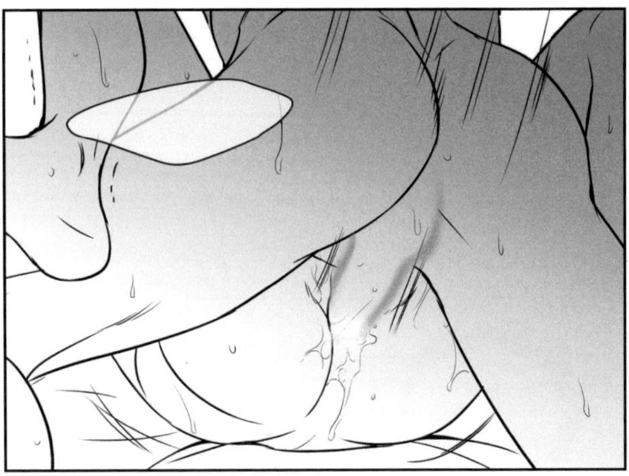
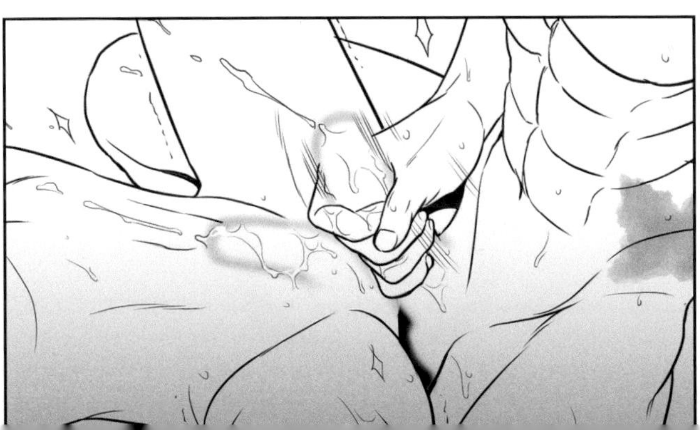

Na bitte ...
... ich bin viel besser als die Toys von die-sem Wichser.

EPISODE

23

BJ ALEX

Jiwon, was hast du jetzt eigentlich mit den Toys vor?
Ich brauch die nicht. Werde sie wohl weg-werfen.

Was?! Echt?
Ist das nicht zu schade? Die sind doch noch neu.
Ähm …
Ssk
… und was, wenn ich sie nehme?
Was? Was willst du denn damit anfangen?
Ach … Zum Wegwerfen sind die zu schade. Außerdem bin ich ein wenig neugierig.

Ach!
Sag bloß, dir haben die Plastikschwänze besser gefallen als meiner?
Nein! So meinte ich das nicht!
Schock
Wie denn dann? Gerade eben sagtest du noch, das sei nichts für dich.
Vorhin war es einfach gruselig, weil ich nicht sehen konnte, was passieren wird.
Und ich konnte dein Gesicht nicht sehen, deswegen war es eh nur mittelmäßig.
Du kleiner ...

Mach einfach, was du willst. Mir doch egal.
Okay!
Tapp
Vielleicht kann ich hier-mit ...
... irgendwann mal machen, was ich will.

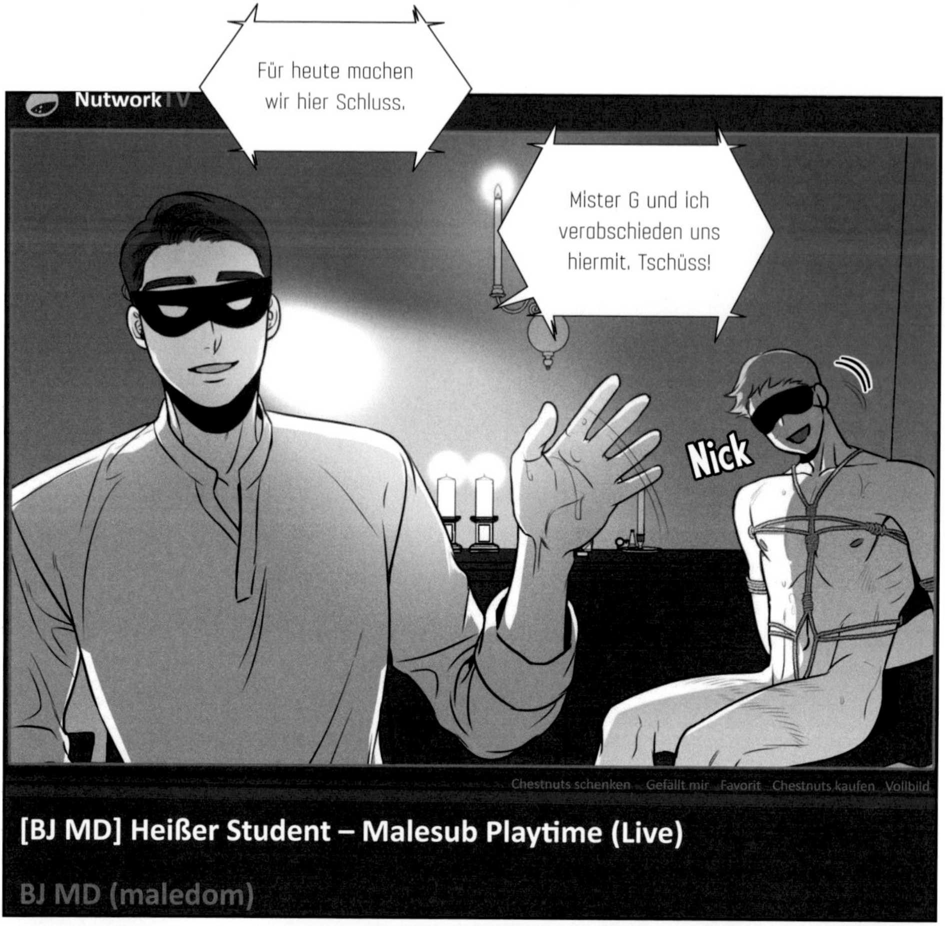
Für heute machen wir hier Schluss.
Mister G und ich verabschieden uns hiermit. Tschüss!
Nick
NutworkTV
Chestnuts schenken Gefällt mir Favorit Chestnuts kaufen Vollbild
[BJ MD] Heißer Student – Malesub Playtime (Live)
BJ MD (maledom)

Plapp
Plapp

Fwupp
Haah! Das hat wieder großen Spaß gemacht, MD.
Aber ist das alles?
Kamera aus und gut ist?
Quiee

Gwapp
Wann wirst du es mir endlich richtig besorgen und nicht nur mit Toys?
!
Wie wäre es mit heute?

...
Jetzt ist Schluss.

Was?
Zöger
Es tut mir leid, aber du kannst nicht mehr her-kommen.
Ich werde mir einen neuen Sub suchen.

Wenn du das verstanden hast, kannst du jetzt gehen.

??
W... Wieso das denn? Stimmt was mit mir nicht?

Hmm?
Wenn du das unbedingt wissen willst …
Ssk
… ich mag deinen Gesichtsausdruck nicht, wenn du kommst.
Strahl
Strahl

W... Was?!
Krack
Nur deshalb?

Was für ein Bullshit, ich haue ab!
So geil bist du auch nicht, Arschloch!
Fwapp

Wamm

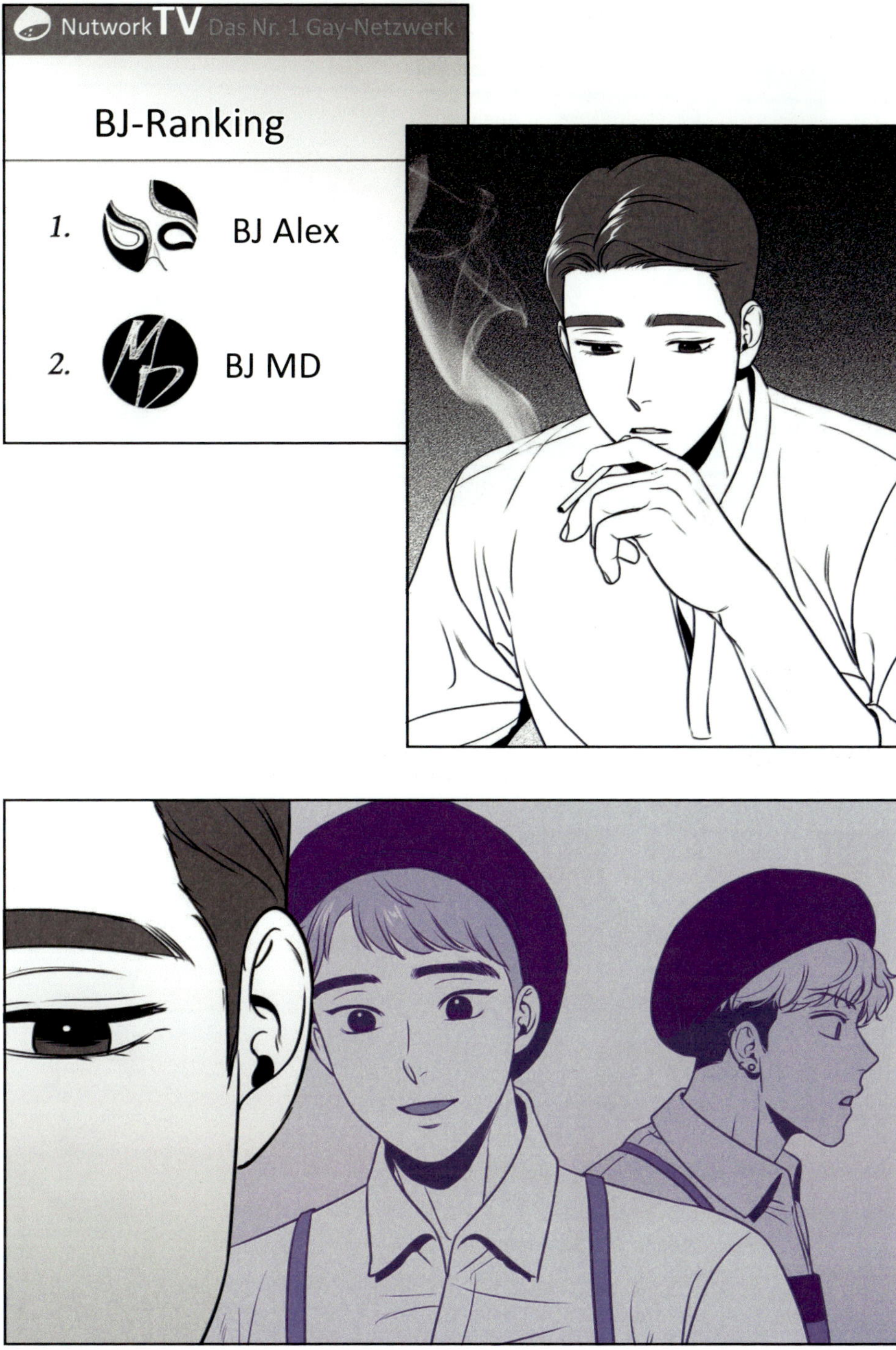
NutworkTV Das Nr. 1 Gay-Netzwerk
BJ-Ranking
1. BJ Alex
2. BJ MD

Jetzt denke ich schon wieder an den Jungen.
Ffffffh

So besessen von jemandem war ich lange nicht mehr.
Lächel

Tick
Tack

Tick
Tack

[Aufnahme] BJ.Alex ♥ No. 1 Camboy Show !Achtung: Heiß!
Ugh ...
Gestern bin ich vor dem Stream eingepennt. Dann muss eben die Aufnahme reichen.
Ich will endlich nach Hause, um mir das in Ruhe anzuschauen.
Heute sind sowieso keine Kunden da ...
Wow, krass! Ist das nicht zu heftig?
Entschul- digung ...

Entschul-
digung!
!!!
Schreck

!!!
Hallo! Herzlich will-
kommen!
Schwupp
Schwupp
Schwupp
Schwupp
Badumm
Badumm
Fwupp

Oh!
Schreck
Das ist doch BJ MD, oder?
Habt ihr noch geöffnet?
Ja!
In dem Fall hätte ich gerne einen Caffè Latte.

* Ca. 2,90 €.

Setzen Sie sich ruhig, ich bringe Ihnen den Kaffee.
Ah, danke!
Was war das denn?
Fschhh
So, hier ist Ihr Caffè Latte.
Tack

Danke schön.
Heute arbeitest du wohl ganz alleine?
?
Ah, ja. Heute bin ich mit der letzten Schicht dran.
Wenn ...

… der Laden leer ist …
… könnten wir uns kurz unterhalten, oder nicht?

Äh? Ja, klar.

Wie heißt du?
Dong-Gyun Nam.

Studierst du hier an der Uni?
Ähm, ja ...
Was studierst du?
Konsumenten-psychologie.

Wirklich? Konsumenten-psychologie?
Dann müsstest du Jiwon Ahn kennen.
Zamm
!!!

Was?
Ja, Jiwon ist unser Fachschafts-vorsitzender.
Er scheint ziemlich bekannt zu sein.
Kein Wunder, so gerne, wie er im Mittelpunkt steht.

Erinnerst du dich, dass ich mich letztens hier im Café mit ihm getroffen habe?
Ah, ja, das tue ich.
Warum redet er die ganze Zeit über Jiwon?

Kennt ihr euch gut?
Wir stehen uns nicht besonders nah.
Ich würde ihn so gerne besser kennen ...
Aha, Jiwon redet in letzter Zeit nicht besonders viel über die Uni, daher war ich neugierig.
Jiwon ist beliebt, oder? Das war er schon immer. Deswegen war er auch andauernd in irgendwelchen Beziehungen.
Selbst ich war damals nicht so beliebt, das war echt der Wahnsinn.
Ah ... Ha ha ha.

Da ihr zusammen studiert, müsstest du doch einiges über ihn wissen.
Datet er aktuell jemanden?

...
Tut mir leid, das weiß ich nicht so genau.

Hm, ich verstehe.
...

Schlürf

Der Kaffee schmeckt echt gut.
Genau deshalb bin ich wieder her-gekommen.
Oh!
Danke schön.
Hm? Jiwon war andauernd vergeben?
Dröpp
Zu mir meinte er noch, er könnte feste Beziehungen nicht ausstehen.

Habt ihr beide eigentlich Spaß mit den Toys gehabt?
Ja, wir haben sie ausprobiert ...
...

Hä?!
Fwuaaaaah
Was? Nein, das ... das meinte ich nicht!

Ha ha ha, bingo!
Also stimmt meine Vermutung und ihr seid mehr als nur Kommilitonen?
Schauder
Mist! Er hat mich voll reingelegt!

BJ Alex

EPISODE

24

BJ ALEX

Du bist Alex' Sexpartner, nicht wahr?
Do do do
...

Ah ...
Ähm ...
Badumm
Schwitz
Badumm
Wie hat er das denn rausgefunden?!
Nein, d... das ...
Euch beiden ist das wahrscheinlich nicht aufgefallen, aber ...

... eure Gesichter sprechen Bände.

War dir das nicht bewusst?
Hah
So war das also!
Um ehrlich zu sein, weiß ich auch, dass Sie MD sind.
Ach, wirklich? Dann hat Jiwon dir wohl davon erzählt.
Gwapp
Dann warst du mir wohl von Anfang an einen Schritt voraus. Aber jetzt, wo wir uns kennen, sind wir wieder auf Augenhöhe.

Schluck
...!
Schwitz
Schwitz
Grins

...
Ist es wirklich so auffällig?
Do do do
Ich habe bloß gut geraten. Aber keine Sorge, ich kann Geheimnisse gut für mich behalten.

Und ...
... bist du mit dem Sex mit Alex zufrieden?
!
Ah, ja. Natürlich!
Ich kann mich echt nicht beschweren.
Ach ja?
Also drängt er dich nicht andauernd dazu, nur das zu machen, worauf er Lust hat?

!

Grins

...
Kratz
Kratz

Habt ihr die Toys, die ich ihm gegeben habe, ausprobiert?
Ich glaube, die würden euch gefallen.

Wir haben sie sogar schon benutzt. Aber nicht so, wie ich es gerne gewollt hätte.
Und es waren so viele. Ich weiß nicht mal, was mir davon Spaß machen würde ...
Bei manchen wüsste ich nicht einmal, wie man die benutzt.
Das würde ich mit Jiwon eigentlich gerne ausprobieren ...

Soll ich sie dir erklären?
Schreck
Was?

Du kannst mich alles fragen, was du magst.
Ich habe sie euch schließlich gegeben, da erkläre ich das doch gerne.

?!
Ähm ... Das ist wirklich nett. Aber warum wollen Sie mir überhaupt helfen?

Weil mir danach ist.
Wie kann ich ein Unschuldslamm wie dich ignorieren, das sich innerlich vor Lust verzehrt?
Jeder Erwachsene sollte ein erfülltes Sexleben haben können.
?!
Ein Unschulds-lamm?
Määh
18
Und da du Jiwons Partner bist, würde ich dich auch gerne näher kennenlernen.
Ich hoffe, das ist dir nicht zu unangenehm.

Ah,
klar ...
Hier ist
meine Karte.
Myung-Dae Kim
Sst
Du kannst dich
jederzeit melden.
Danke noch mal für
den wunderbaren
Kaffee.
Klatter
Ah, Danke
schön.
Schwupp

...
U... Und auch danke für die Hilfe.
Das ist doch nichts. Bis wann hat das Café hier geöffnet?
Ah, wir haben bis 23 Uhr auf.
Ach so! Dann komme ich nächstes Mal etwas früher.

Was ist
los, Jiwon?

...

Hey, Jiwon?
Wo bleibst du?
!

Komme schon!

Was hat der denn bitte hier zu suchen?
Grr
Was treiben die beiden da so heimlich?

Guten Abend. Im heutigen Stream habe ich ein paar wichtige Neuig- keiten für euch.
In nächster Zeit wird es keine Shows mit Partnern geben.

Um ehrlich zu sein, versuche ich einen neuen, unheimlich attraktiven Sub anzuwerben.
Wenn alles nach Plan verläuft, werde ich bald mit neuen Playtime Shows zurück sein.
ALEX
Es ist noch unklar, wann das sein wird, aber ihr könnt euch darauf freuen.
Dieses Mal wird mein Partner jemand ganz Besonderes sein.
Plopp
...

Moment mal! Er wirbt wen an?
Hah

Er wird damit doch nicht ...
... Dong-Gyun meinen?

Fuck, was geht hier ab?
Macht sich dieser Pisser etwa an Dong-Gyun ran?
Wenn Dong-Gyun bei seiner Show mitmachen würde ...

Grins

Und was, wenn ich sie nehme?
Als ich das gesehen habe, bin ich neugierig geworden, wie es sich damit wohl anfühlen würde.

Ffffh

CAFE T.K

Danke schön! Sie haben mir echt weiter-geholfen!
Gar kein Problem.

Ach, da wäre noch etwas.
Sst

Flüster
Ich hätte da auch eine Bitte an dich, Dong-Gyun.
Würdest du mir einen kleinen Wunsch erfüllen?

BJ Alex

EPISODE

25

BJ ALEX

Ding
Dong
Quieee

...
H... Hallo.
Ich weiß, heute ist dein freier Tag. Tut mir leid, dass ich trotzdem hier auftauche.
Tapp
Tapp

A... Alles in Ordnung, Jiwon?
Tapp
Tapp
Klar.

Flopp
...
Ähm ...

Du,
Jiwon ...
Schluck

Es gibt etwas, was ich heute unbedingt ausprobieren möchte. Würdest du mir den G... Gefallen tun?

Was denn?
Also das ...
Ähm ...
Zöger
Zöger
K... Könntest du eine Show nur für mich machen?

?!

W... Was willst du?
Ah! Also natürlich nicht im Livestream, sondern als Facetime!

Was? Du willst, dass ich mich verhalte wie normalerweise in den Streams?
Warum willst du das überhaupt?
Ähm ... Also ...

... ich glaube, das ist meine Sexfantasie.
Fwuaaah

Während du als Alex die Show machst, wollte ich ins Nebenzimmer ...
Plopp
... h... hiermit.
Ich wollte mir das ansehen und es mir dabei ...
... m... mit dem D... Dildo b... besorgen.

FSChhh
Ich würde es auch schön finden, wenn du als Alex meinen Namen sagen würdest ...
Ach, was erzähle ich hier überhaupt ...
Zamm
...
Sexfantasien, der Dildo, wo kommt das alles so plötzlich her?
Hat er das alles von diesem Abschaum MD? Ich meine, wo könnte er das sonst herhaben?
Über was haben die beiden verdammt noch mal geredet?

...
Nö.
Urgh!
!

Ich soll nur langweilig vor der Kamera sitzen und deinen Namen sagen?
Da kommt ja nichts für mich bei rum.

Ah! S... Stimmt ...
Schreck

Mist ...
Ich dachte, ich versu...
Machen wir es lieber so, dass Alex ...

... dir zuschaut, während du dir das Ding in den Hintern schiebst.
Das könnte interessant werden.
Was?!

ALEX
Flopp
Na los.
Badumm
Badumm
...

Badumm
...
Badumm
K...
Könntest du wenigstens Alex' Maske auf-setzen?
Was?!

Ah, fuck.

Ssk

...!!
Fwuaaaah
Schluck
Zitter
Zitter
Zitter
Rrrt

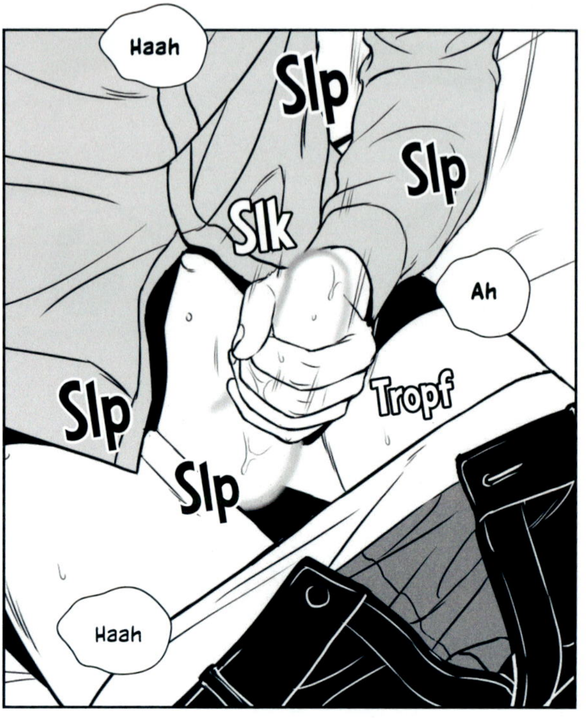
Haah
Slp
Slp
Slk
Ah
Tropf
Slp
Slp
Haah

Haah ...
Slp
Slk
Nngh
Slp
Slk
Ah
Ngh ...

Hey, wo bleibt der Dildo?
Und willst du dich nicht ausziehen?

Was?! D... Das ...
Schreck

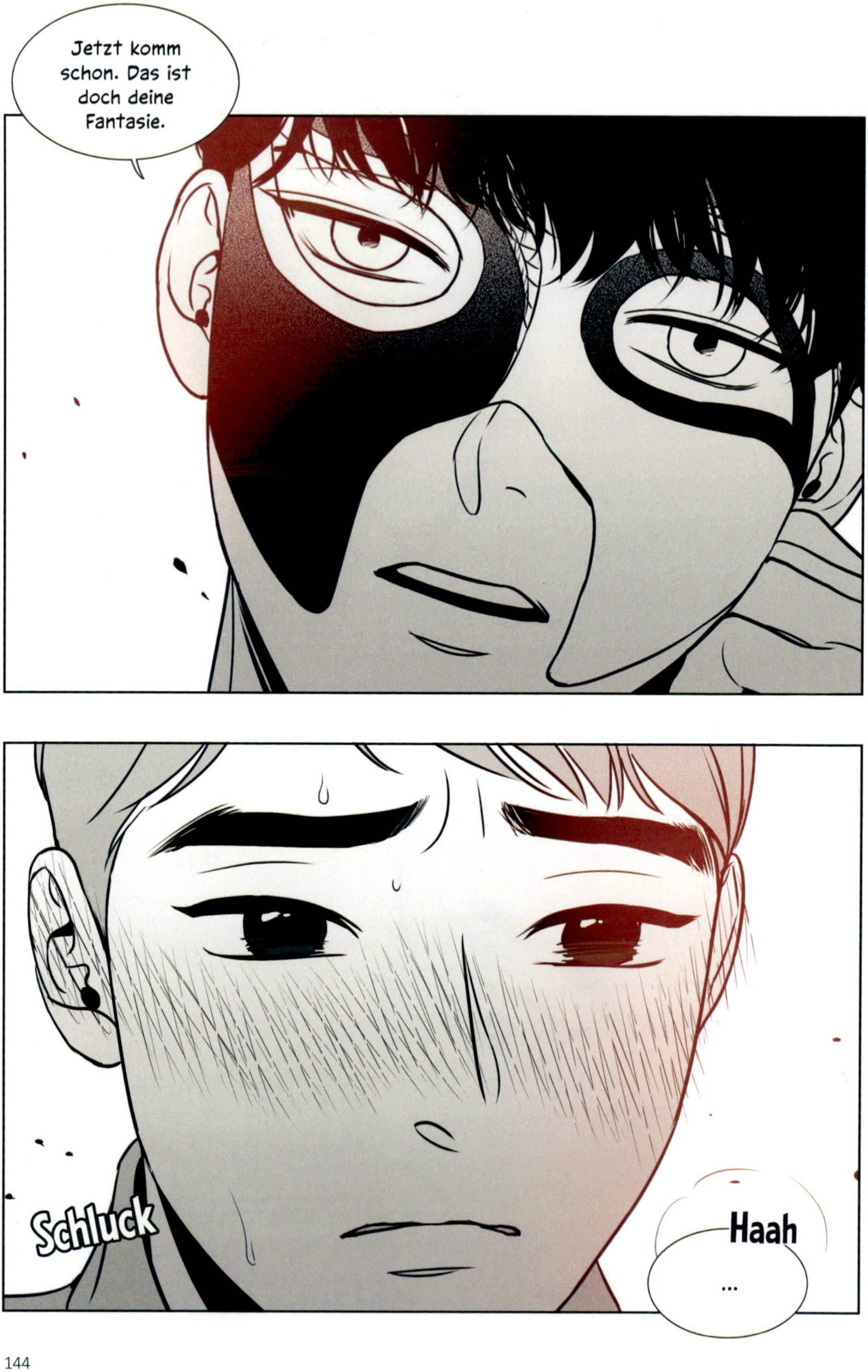
Jetzt komm schon. Das ist doch deine Fantasie.
Schluck
Haah
...

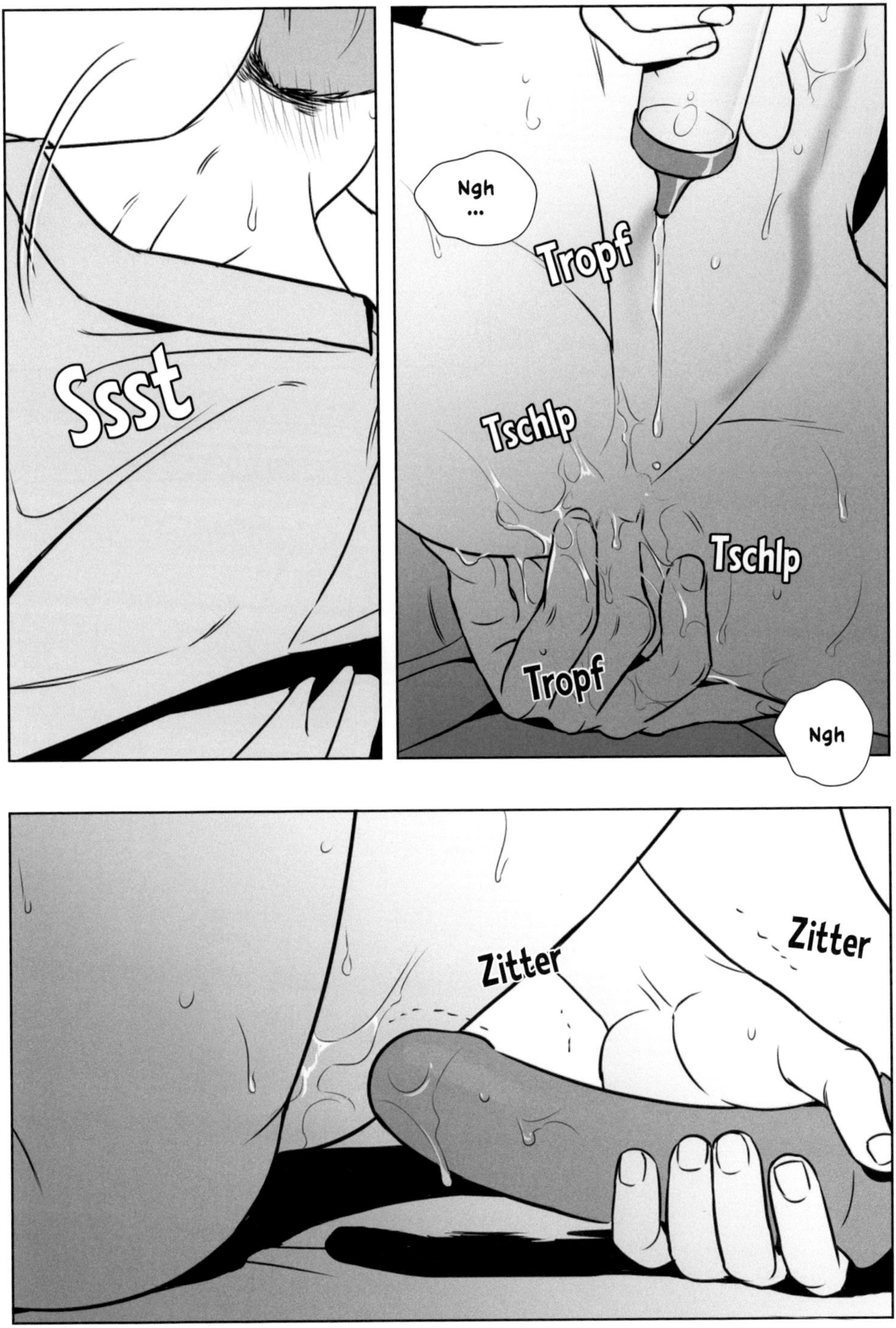
Ssst
Ngh ...
Tropf
Tschlp
Tschlp
Tropf
Ngh
Zitter
Zitter

Hnah ...
Haah
Mach die Beine weiter auseinander.
Zitter
Zitter
Ngh
Hngh
Zitter
Gwp
Gwp

Ah!
Tropf
Slp
Zuck
Haah
Tschlk
Tschlk
Ngh
...
Ah!

Aah
Zuck
Hnah
Slp
Slp
Zuck
Ah
Tropf
Zuck
Tschlk
Tropf
Tschlk
Tschlk

Haah
Hngh ...
Ngh!
Tschlk
Tschlk
Ah!
Zuck
Zuck
Haah!
Ah!
Zuck
Hnahh ...!
Splt
Haah
Haah

...
Mmmh

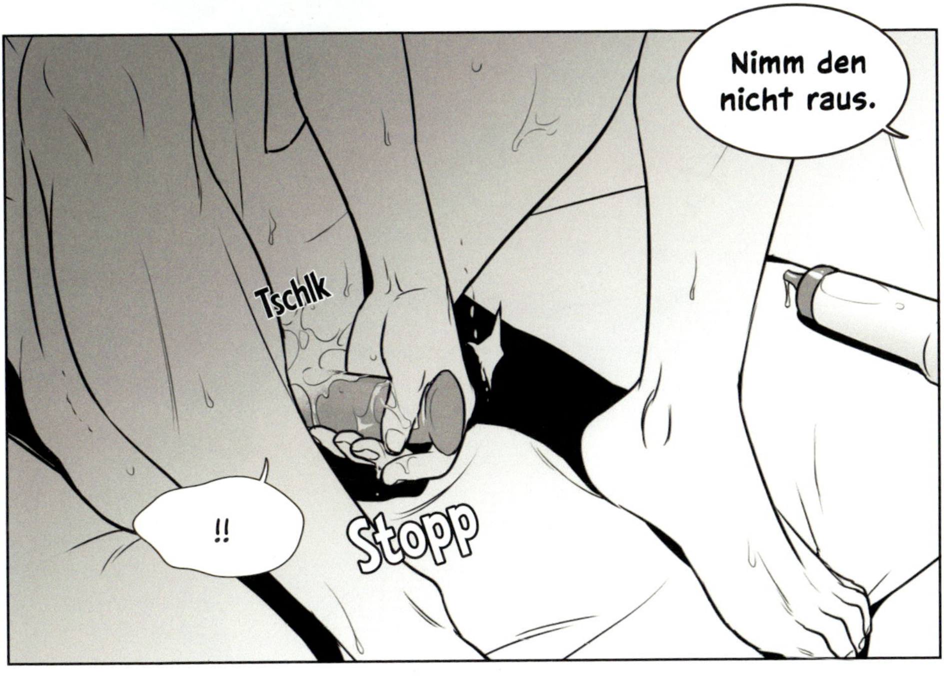
Nimm den nicht raus.
Tschlk
!!
Stopp

Hat MD dir das beigebracht?
Was?
N... Nein?
Tapp
Tapp
Jetzt tu doch nicht so.

Ich weiß, dass ihr euch getroffen habt. Wollte MD, dass du bei seiner Show mitmachst?
...!!
Bei seiner Show?! Was meinst du ...!
Schock
Das ist ni...
Gwit
Ssp
J...J... Jiwon, warte! Was machst du da?!

Wenn
...
Swpp
... du Alex
magst ...
Zitter
Slt
Gwwp
...
und MD
...

!!
Fwuah
Nein! Bitte!
... dann müsste das doch genau dein Ding sein.
Wramm
Gwapp
...!!
Zuck
Ah

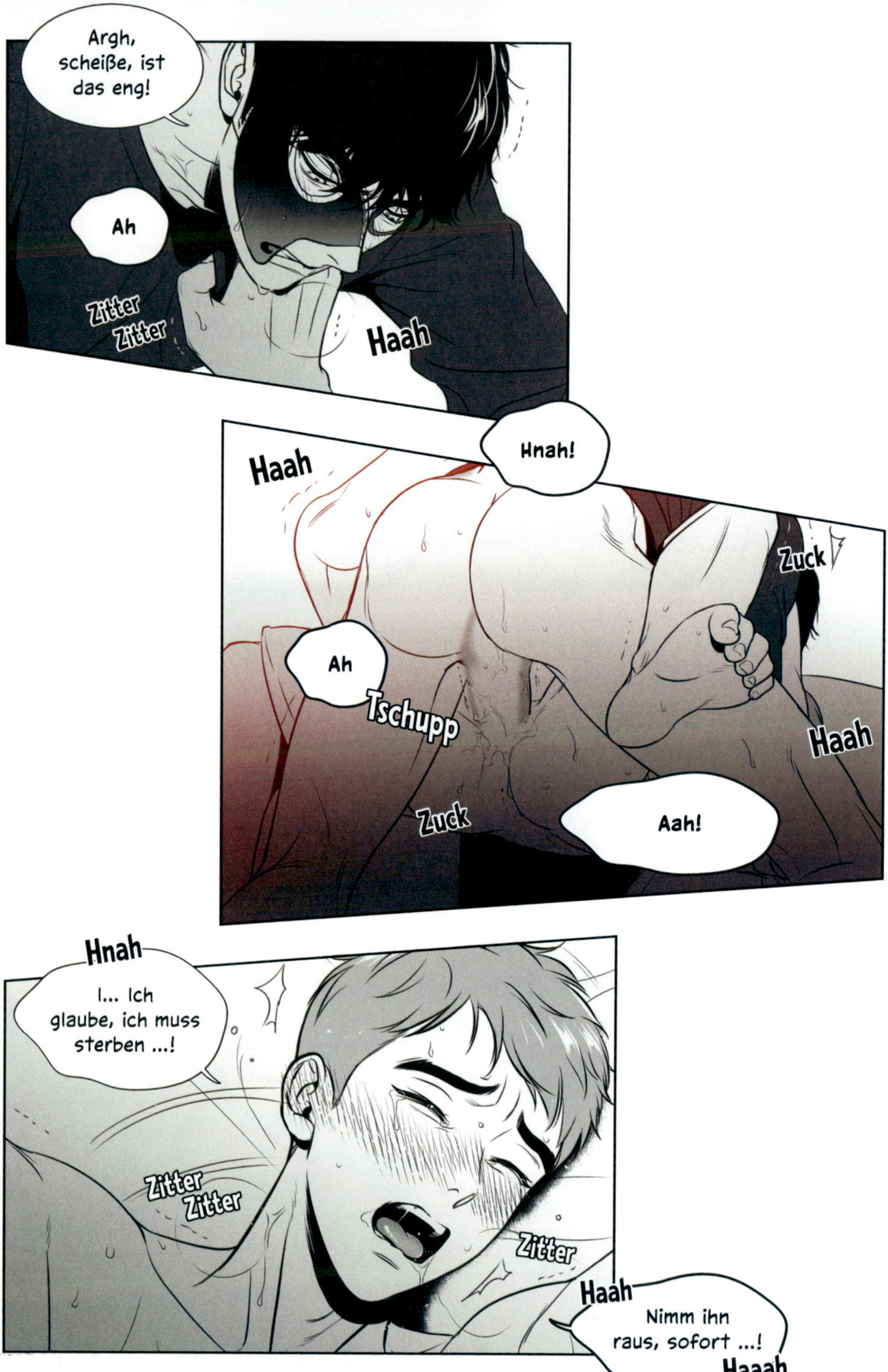
Argh, scheiße, ist das eng!
Ah
Zitter Zitter
Haah
Hnah!
Haah
Zuck
Ah
Tschupp
Haah
Zuck
Aah!
Hnah
I... Ich glaube, ich muss sterben ...!
Zitter Zitter
Zitter
Haah
Nimm ihn raus, sofort ...!
Haaah

Ngh
Warum sollte ich? Wenn du es mit MD machst, müss-test du so was doch abkönnen.
Tschlk
Aah!
Ah!
Tschlk
Tschlp
Sltsch
Zuck
Agh!
Zuck
Aaah!
Tschlk

Haah
Warum hast du nicht gleich auch mit allen anderen BJs etwas Spaß, wenn du schon dabei bist?
Zitter
Tropf
Ngh
Hngh
Tschlk
Tschlk
Zitter
Hnghnn ...!
Haah
Gwapp
Tschlk
Haah
Ich dachte immer, du wärst ach so unschuldig, aber dir scheint das ja echt zu ge...
Tschlk

Tut es nicht!!
MD will doch gar nicht mich!!

...?
Haah
Haah

Haah
Wen denn sonst?

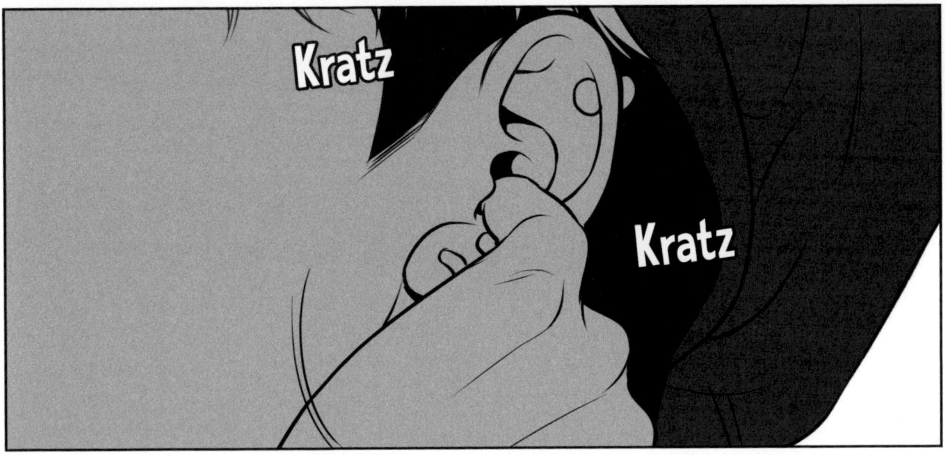
Kratz
Kratz

Er will
Chanwoo!
Huaaah

BJ Alex

EPISODE

26

BJ ALEX

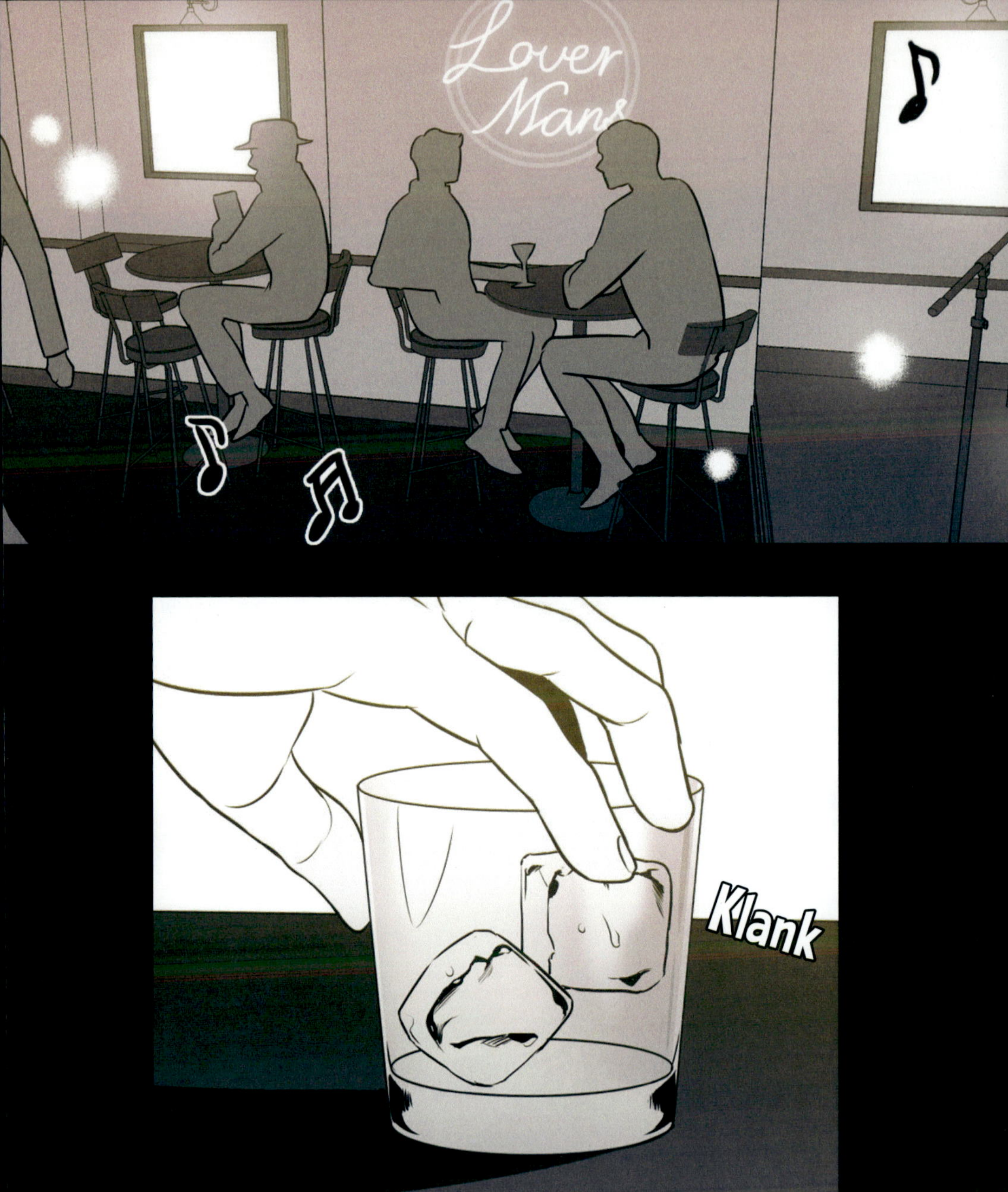
Lover Mans
Klank

Das war heute wohl mal wieder nichts.
Die Rechnung, bitte.

Quiee
WC
Chrrr

...!!
Stopp
Huaaaaaaah
Der hat sich komplett abgeschossen ...
Pschhhh
Ha ha ha, mein Kopf, iss mir schwindelich ...
Swipp
Swipp
Hi hi, der Boden iss so küühl ...
Kratz
Kratz
Hmm?

He, du da, der gut aussse-hende Herr!
Schreck
!
Hick
Willssd du mich nach Hauss bringn?
Kratz
Herr?
Was?

Nein, nein ...
Irgend so ein komischer Typ hat mir was ausssgegeben und ich hab wass mit ihm gedrunken!
Hick! Und sschau, wass ich jetzd davon habe?!
Ha ha ha
Haah ... Ich sage den Angestellten Bescheid, warte einfach hier.
Nein!! Die stecken da alle mit drin!
!

Der Wichsser wolld mich abschleppen und steckd mit dem anner Bar unter einer Decke!
Ich schwör, ich habb gesehen, wie der mir wass untergemischd had!
Wenn ich da jetz wieder rausgehe, schleppd der mich direkt inss nächste Motel!
...
Na gut ...
Wo wohnst du denn? Ich rufe dir ein Taxi.

Haah ... Du bissd echt ein ganz feiner Herr!
Hi hi
Esss gibd so viele gute Menschen auf der Welt und alless, was ich anziehe, sinnd solche Pisser wie der da draußen!
Oder bissd du auch so einer?
Grins
Sehe ich etwa wie jemand aus, der anderen was untermischt?

Ehrlich?
Ssk

Willst du dann heute etwas Spaß mit mir haben?

Zuck
...!!
Hi hi, kleiner Scherz.
Ah, ich hab so Durst ...
Uuugh
...

Vrummm
Wie süß.
Grins

Nach diesem Abend ging er mir einfach nicht mehr aus dem Kopf.
Ich war sogar noch einmal in der Bar, doch er war nicht da.

Ich begann zu denken, dass es wohl einfach nicht sein sollte.
So verging die Zeit ...

Schau sich das einer an, er scheint wohl jemanden gefunden zu haben.
Vielleicht sollte ich mich mal wieder bei ihm melden.
CAFE T.K

Gibt es nicht irgendwo einen geeigneten Sub ...

Huch? Das ist er doch!
Schock
Vorhin war noch ein anderer an der Kasse, da habe ich ihn gar nicht bemerkt.

Hmm
...

Der am Tresen ist nicht schlecht, stimmt's?

Der Kaffee war wirklich sehr lecker. Ihr benutzt besondere Kaffeebohnen, oder?
Ah, ja! Danke schön.

Unsere Chefin röstet die selber.
Ah, so ist das also.
...

?
Hm?

Scheint, als würde er sich nicht an mich erinnern.
Er wirkt ganz anders, wenn er nüch-tern ist.

Jetzt, wo ich ihn wiedersehe ...
... interessiert es mich brennend, wie sein stolzes Gesicht aussehen würde, wenn ich ihn komplett unterwerfe.
Allein der Gedanke daran reicht aus, dass mir kein anderer Sub mehr genug ist.

Und während ich nach einem Weg zu ihm gesucht habe, bin ich ...
... unerwartet noch auf einen ganz anderen Schatz gestoßen.
Ah, also hatte ich recht. Das ist tatsächlich Alex' Partner.
Die beiden haben wirklich kein Pokerface.
Schon niedlich.
Was?
Nein, das ...
Schwitz
Schwitz
Aus ihm kriege ich bestimmt noch ein paar Infos raus.
Ich hätte da auch eine Bitte an dich, Dong-Gyun. Würdest du mir ...
... einen kleinen Wunsch erfüllen?

Hä?
Was denn?
Schreck
Um ehrlich zu sein, hat dein Kollege es mir echt angetan.
Das war's?
Nick
Nick

Also meinte er von Anfang an gar nicht dich.

BJ Alex

EPISODE
27

BJ ALEX

CLOSED

Huaaaaah

Haah
...

Haah! Da tue ich Dong-Gyun schon den Gefallen und tausche die Schicht mit ihm ...
... und dann kam nicht ein einziger Kunde. Mann, ist das langweilig.
Tsk

CLOSED
Quieee
Ah! Entschuldigen Sie, aber wir haben bereits geschlos-sen!
Tapp
Tapp
Oh nein, ich bin nicht wegen des Kaffees hier ...

...
sondern
um dich zu
sehen.

Mich?
?!

Weswegen wollen Sie denn mit mir sprechen? Woher kennen Sie mich?
Und wer sind Sie überhaupt?
Ah, ich hätte mich natürlich zuerst vorstellen sollen, entschuldige.
Mein Name ist Myung-Dae Kim.

Du hast heute die Schicht mit Dong-Gyun getauscht, stimmt's?
Hä?!
Woher wissen Sie ... Moment, Sie kennen Dong-Gyun?
Ja, wir sind Bekannte.
Ich hatte ihn gebeten, heute mit dir zu tauschen.
!
Ich wollte nämlich etwas Zeit mit dir allein verbringen, Chanwoo.
Ssk
...!!

Stopp, also musste ich heute wegen Ihnen meine wertvolle Zeit hier verschwenden?
Ich war heute Abend sogar verabredet.
Ich dachte, anders würde ich nie die Gelegenheit bekommen.
Was?

Chanwoo, soll ich dir mal jemanden vorst…
Eigentlich hatte ich Dong-Gyun gebeten, mich dir vorzustellen, aber du hattest abgelehnt.
Pfa ha ha ha! Ausgerechnet du willst mir jemanden vorstellen? Ha ha ha!
…
Autsch
Ach, das? Ich dachte, das war ein Witz.

Hmm?
Also verstehe ich das richtig, dass Sie an mir interessiert sind?
Puuh ...
Ich meine, klar, ich bin in diesem Café mit Abstand die süßeste Versuchung.
So einer wie ich ...
Klaro, da kann man nicht anders, als sich in mich zu verlieben.
Genau genommen habe ich dich das erste Mal in einer Gay Bar getroffen.

Erinnerst du dich noch an die Lover Mans Bar?
...!

Hatten Sie mir damals was ins Getränk gemischt?!
Urgh!
Nein!

Ähm, ich werde direkt zum Punkt kommen.

Ich bin der BDSM-Streamer BJ MD.
!
Zamm

Es tut mir leid, dass ich dich hier überfalle. Mir ist bewusst, dass ich nichts von dir weiß, außer, dass du schwul bist, aber ...
... du gehst mir seit diesem Abend einfach nicht mehr aus dem Kopf.
Ich würde mir wünschen, dass du als mein Malesub in meiner Show auftrittst.

Wenn du möchtest, teile ich auch meine Einnahmen mit dir.
Was ...
...
Das ist BJ MD?!

Der ist doch dafür bekannt, dass er seine Partner ausgesprochen gut behandelt!
In dem Haufen Müll an Maledom-Perverslingen ist er wie ein schillernder Diamant!
So jemand möchte mich?!

Kratz
Kratz
Hmmmm
...
Sie sind
mir zu alt.
Wammm
!!!!!

Wenn man mal meine Kinks außen vor lässt, stehe ich eigentlich auf jüngere, superhotte Typen.
Eiskalt
Zitter
...
Zitter
* 32 Jahre alt (sieht älter aus).

War ich zu ehrlich?
...

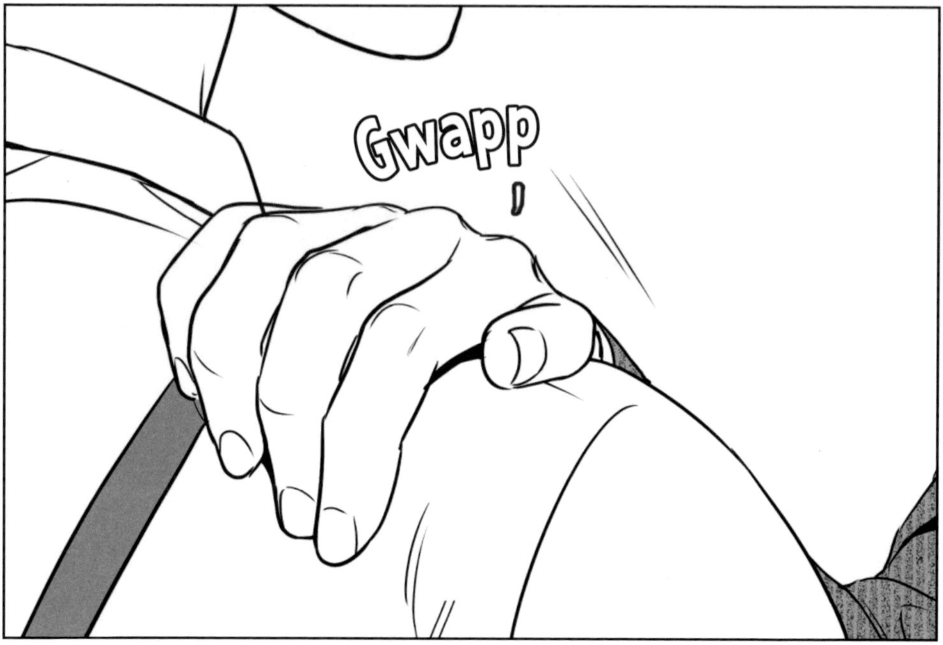
Gwapp

Wenn das dein Wunsch ist ...
Ssk

... bringe ich dir so einen »jüngeren, superhotten Typen« und wir können zu dritt Spaß haben.

Flüster
Wenn du mein Sub wirst, kann ich dir jeden deiner Wünsche erfüllen.

Fwuaaaah

...

Grins
Fwupp
Swt
Sst

Fürs Erste wirst du mir schon genügen, also ...
... lass uns ein paar verbotene Abenteuer erleben.
Grins

Grins

Keine Sorge, du wirst schon bald unter Tränen danach flehen.

Do do do
Ah ... fuck! Jiwon Ahn, du Ab-schaum! Nicht nur einmal, sondern gleich zweimal ...
Grr
Grr

Scheiße! Jetzt sag doch was!
...
Ich wollte nur ...
... mal wieder als Zuschauer dabei sein. Wie früher.
Zuck
Zuck
...!

MD hatte mir das empfohlen ...
...
Zuck
Also hat MD uns letztendlich doch erwischt.
Da kann ich jetzt wohl auch nichts mehr dran ändern, was ...
Du hast es diesmal ziemlich verkackt, oder, Jiwon?

...
Was willst du mir damit sagen?!
Wenn du zugibst, dass du einen Fehler gemacht hast, dann ...
... geh nächstes Wochenende mit mir aus.

...
Aus-
gehen?
Was?!
Gwit
Zitter
Zitter
Na gut.
!

Jetzt echt?! Versprochen ist verspro-chen!
Komplett erholt
Juuhuu!
Oh Mann ...

EPISODE

28

BJ ALEX

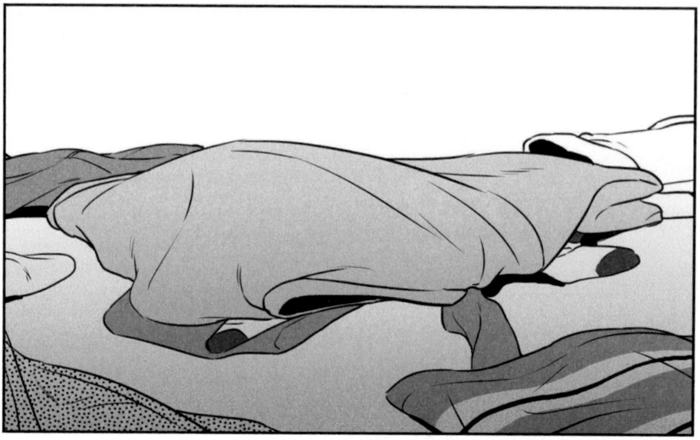

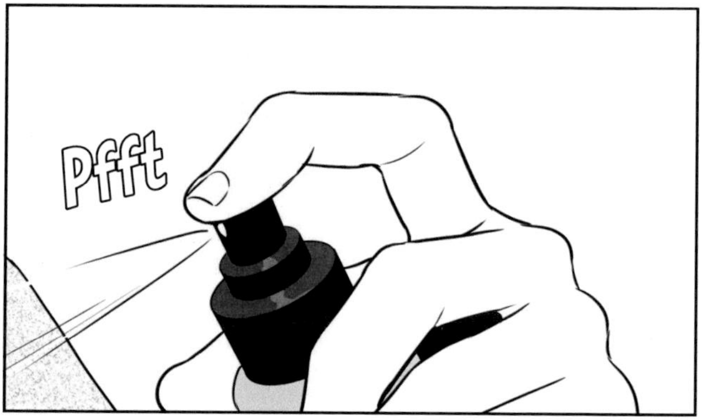
Pfft

Ssk
Ssk

Ist das etwas strähnig?
Sst
Sst

Oh, ich komme noch zu spät!
Hah

Tapp
Tapp
Tapp
Strahl

Das lang erwartete Wochenende ist endlich gekommen.
Es ist das erste Mal, dass ich mit Jiwon nicht nur für Sex verabredet bin.
Er meinte, ich soll heute machen, was ich will, deswegen habe ich alles ganz nach meinen Wünschen geplant.
Badumm
Badumm
Ob er wohl auch so aufgeregt ist wie ich?

Haah

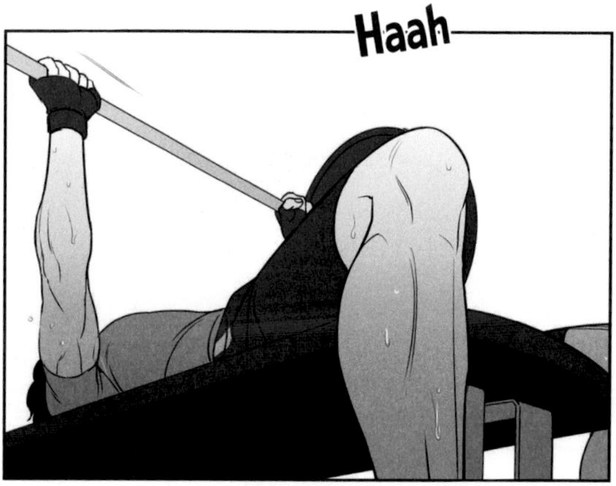
Haah

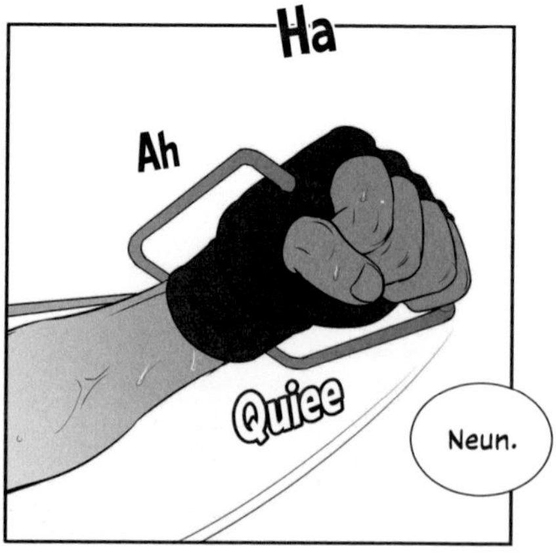
Ha
Ah
Quiee
Neun.

Zehn.
Huuuh

Quiee
Haah
Elf.
Quiee

Zwölf!
Flüster
Tuschel
Klonk
Haah
Haah

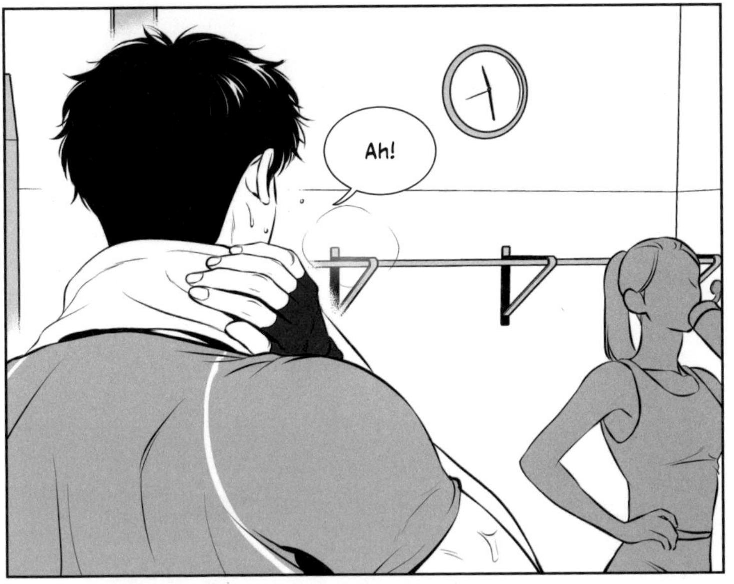
Ah!

Boah, ist das nervig.
Haah

CINEMA
Hey ...
Tapp

... hast du schon die Tickets?

Huch!
J... Jiwon! Hi! K... Kommst du direkt vom Sport?
Jap.
Was möchtest du essen? Ich habe noch einen Gutschein für Popcorn!
Ah! Aber wenn du was anderes willst, sag einfach Bescheid! Ich wollte ...
... noch kein Eis holen, weil das bereits geschmolzen wäre. Aber ich hätte mich trotzdem schon mal anstellen sollen ...!
Wedel
Wedel
Passt schon!
Hat doch noch was gekauft.

Jiwon, willst du echt nichts essen?
Ne, ne.

Kinoticket
Cinema Paradise – Saal xx
Weil ich dich liebe
(FSK 12)
13:30 – 14:50
20xx_xx_xx
Reihe 12
Ein Liebesfilm?! Ach Scheiße, die kann ich nicht ausstehen.

Das ist momentan der meistbesuchte Film.
Huaaah
Raschel

Wenn das keine Liebe ist, was dann?!
Soll das alles eine Lüge gewesen sein?
Wie langweilig! Wer bezahlt denn freiwillig Eintritt für so eine Seifenoper?
Schluchz
!
Leute, die bei so was heulen, sind echt das Letzte ...

Tropf
Tropf
Hick
Schluchz
Hngh
Hach
Hick
Und da haben wir direkt so ein Exemplar.

...
Schnief

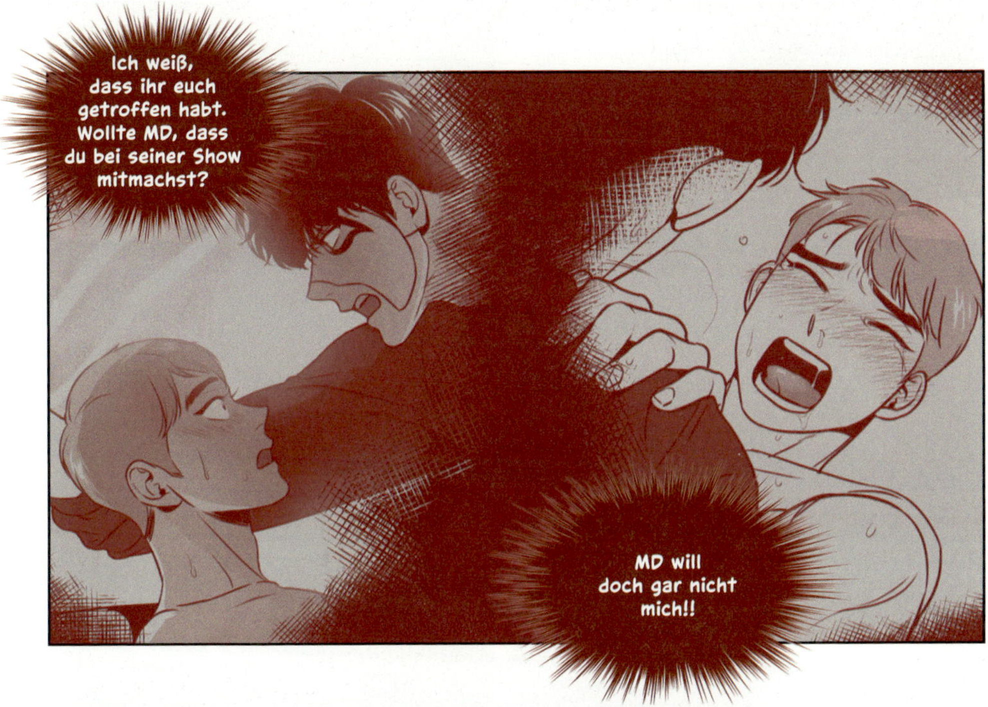
Ich weiß, dass ihr euch getroffen habt. Wollte MD, dass du bei seiner Show mitmachst?
MD will doch gar nicht mich!!

Warum habe ich bloß denselben Fehler zweimal begangen?

Selbst wenn Dong-Gyun wirklich zu MD gegangen wäre …
… wäre das etwas, worüber ich mich aufregen müsste? Ich verstehe das nicht.

Was auch immer, meine eigene Dummheit hat mir den Mist hier eingebrockt.
Schnief
Haah

Ich hab die Situation vor lauter Stress falsch eingeschätzt. Das nächste Mal passe ich besser auf.
...

Dopp
...!!

Ey, was soll das denn? Verpiss dich!
Es ist so traurig, ich brauche wen zum Anlehnen ...
Grrr
Warum ich?! Hör endlich auf damit!
Ich musste in letzter Zeit echt viel durchmachen ...
Do do do
...!!

...
Glücklich

Fuck! Ich muss mich heute echt zusammen-reißen ...
Krk
Krk

Plauder
Plauder
Bevor du noch auf weitere dumme Ideen kommst, gehen wir besser nach Hause.
Ach was, wir können jetzt doch noch nicht zurück.
Jetzt fängt der Spaß erst richtig an!
Oh! Wie wäre es damit?

Ein Game-
center!
GAME GROUND
Bist du zwölf, oder was? Warum sollten wir da rein?
Gamecenter machen total Spaß, warst du noch nie in einem?
Solche Kinderspiele sind doch langweilig, was würde ich da wollen?
Pah
Dong-Gyun ist so lahm, den würde ich sowieso mit links besiegen.

Und noch ein Sieg!!
K·O

Grooooh
Oh wow!
Schreck

Los, noch mal.
Was? Okay ...

Wie kann mich jemand wie Dong-Gyun besiegen?!
Groh
Groh
Das kann doch nicht sein!
Vielleicht sollte ich Jiwon mal gewinnen lassen ...

BJ Alex

EPISODE

29

BJ ALEX

K.O
Kabumm
Da di damm
P1 win
P2 lose

Wamm

...
Grrrr

Ey, Dong-Gyun, geh noch mal Geld wechseln.
Was?! Schon wieder?!
Du, wir haben inzwischen fast alle Spiele durchprobiert ...
... wollen wir nicht lieber langsam Schluss machen?
Nein.
Ent-
schlossen

Grroooh
Bin gleich wieder da ...
Ich habe ihm sogar Tipps gegeben. Wer hätte gedacht, dass er so schlecht darin ist.
Ich dachte immer, er könnte alles gut, aber das war wohl nur Fassade.
Wer weiß, was noch pas-siert, wenn das so weitergeht.
Diese verkackte Drecksmaschine!
Nein, bitte!
Wamm

Oh!

Jiwon,
komm mit
...

Probieren
wir das aus!
SPACE SHOOTER
ZOMBIE KILLER
...!!

Grraaaaaahh
Ratt
tat
ta
STAGE 1 CLEAR!
1P
2P
18364
25134
TOTAL 43498
TIME 5 ' 52 ' 33
35.2% ACCURACY 43.3%
!
Wow!
Für dein erstes Mal war das echt nicht schlecht!
...
Im Wehrdienst war ich im Schießen so gut, dass ich sogar mal extra Urlaub bekommen habe.
Ra ta ta ta
Echt? Ich war darin immer total mies.
Wo warst du eigentlich sta-tioniert?

In der Aufklärungsabteilung der XX Division.
Wehrdienst-nostalgie
Wow, die Aufklärungsabteilung! Ist die nicht total heftig? Ich war bloß in der Administration.
Wie cool.
Es war schon nicht schlecht.

Hey, konzentrier dich. Die Zombies kommen.
Ah, klar!
Fwupp

Ratt
tat
tat
tat
Ta
Raaaaaaarrgh!

Pamm
Pamm
Pamm
Pamm
Pamm
Pamm

Ta~daaaa!
CONGRATULATIONS!
P1
USER NAME
P2
TIME 22'15'34
Ja, nice!
High
Five!

Sogar über den Wehrdienst habe ich geredet.

Oh, schon so spät?

Jiwon! Lass uns noch was essen gehen!
Nein danke. Ich hau ab.

Grrrolll
...

Na los! Ich habe sogar schon ein Restaurant rausgesucht!
Strahl Strahl
...

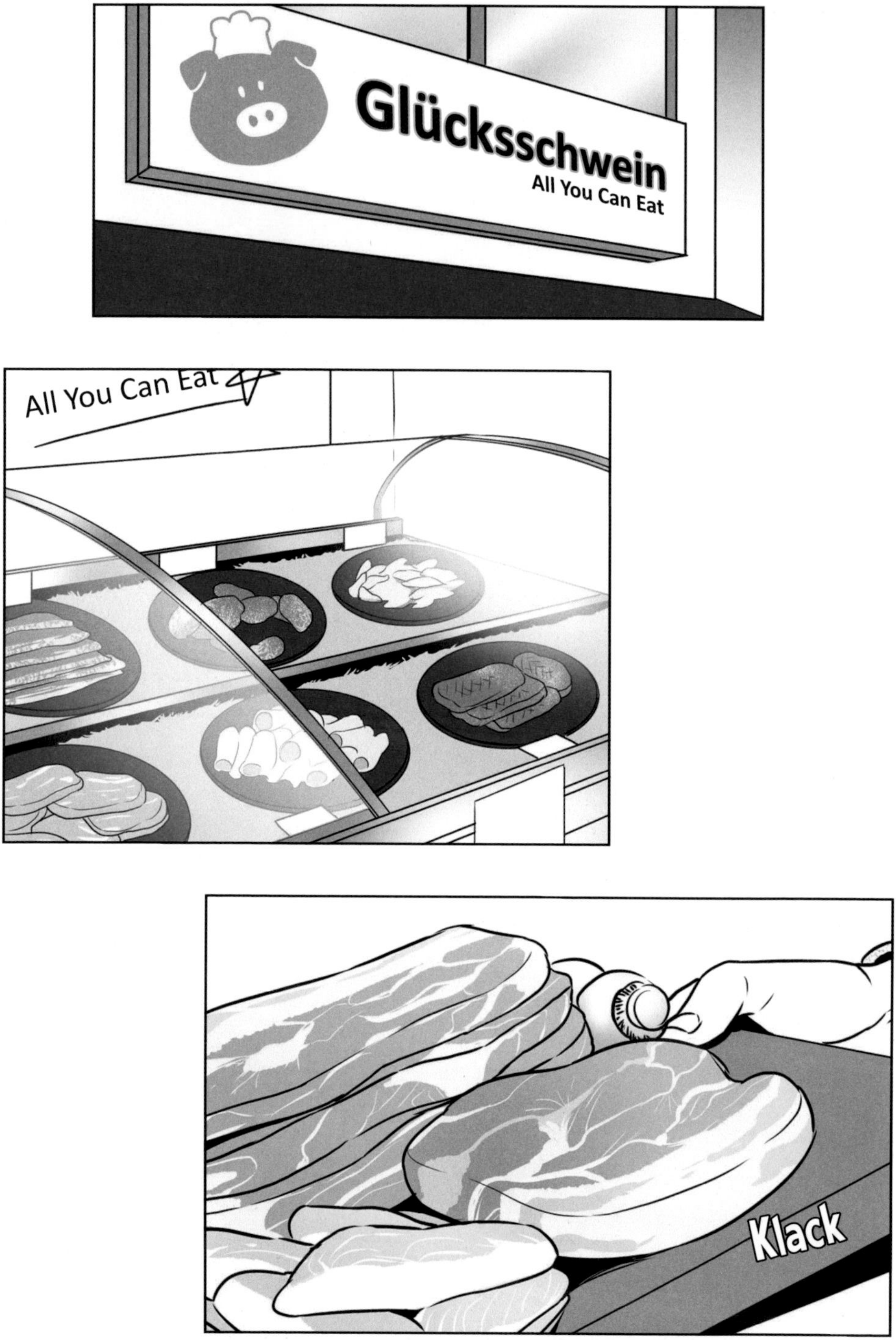
Glücksschwein
All You Can Eat
All You Can Eat
Klack

Das Fleisch hier ist echt gut, obwohl das ein All-You-Can-Eat-Restaurant ist!
Guten Appetit!
Fschhh
...
Fschhh
Hau ruhig rein ...
Was ist? Du hattest doch Hunger, warum isst du nichts?
Fschhh

Das ist ekelhaft!
All You Can Eat? Wie kann ihm dieses billige, massenproduzierte Fleisch schmecken?
Man sieht doch direkt, dass das Müll ist.
Fschhh
Außerdem ist das Schweinebauch, wie kann er den bloß mit dem ganzen Fett ...
Wie ...
Fwupp
Tropf
Tropf
Fschhh

Schluck
Reiß dich zusammen, Jiwon Ahn ...
Fschhh
Aaah!
Mampf
Mampf
Mampf

...
Karotte

Leer

Noch etwas Reis, bitte!
Kommt sofort!

Du willst noch mehr essen? Bist du nach der Menge denn nicht satt?
Knack
Normalerweise esse ich ungefähr das Doppelte.
Das Doppelte?!
Wie ist das ... Wie viele Packungen Instantnudeln isst du normalerweise?
So etwa vier? Mit etwas Reis dazu. Und du?
Klong
Ich esse keinen Fertigfraß! Das macht fett!
Nimmst du denn gar nicht zu?
Zitter
Zitter
Hä?

Ich kann so viel essen, wie ich will, ich nehme davon nicht zu.
Aber deswegen mache ich mir auch etwas Sorgen.
...!!

Grrolll
Du machst dir Sorgen, weil du nicht zunimmst?
Wie kannst du nur ...
Ich nehme schon zu, wenn ich nur Wasser trinke ...
O... Oh ... Tut mir leid ...
Do
do
do

Du, Jiwon
...

Woher wusstest du, dass MD und ich uns kennen?
Zuck
...!

...
MD hat mir davon erzählt ...
Gelogen
Ah ... Ach so!
A... Aber ehrlich, ich habe nie auch nur darüber nachgedacht, bei MDs Show mitzumachen.
Ich könnte nie streamen. Dafür bin ich nicht gemacht.
Mir reicht es völlig, dir einfach nur zuzusehen.
Ha ha

Ich hab's dir heute nicht ganz einfach gemacht, oder?
Tut mir leid, heute ging es echt nur um mich. Das muss ziemlich langweilig für dich gewesen sein.

Aber es war wirklich schön, heute Zeit mit dir zu verbringen.
Das war fast wie ein Date.
...!!
Ein Date?
Grooh

Jiwon, gehst du mit mir ...
... auf ein Date?
Argh! Wieso muss ich ausgerechnet jetzt an ihn denken?

E P I S O D E

30

B J A L E X

Das war fast wie ein Date.
Jiwon, gehst du mit mir auf ein Date?

Poch
Argh! Wieso muss ich ausgerechnet jetzt an ihn denken?

Ich geh eben aufs Klo.
Schwupp
Ah, klar ...!

Pschhhh
Pfschh
Pschhhh

Haah
Pschhhh
Wann immer die Erinnerungen an ihn hochkommen, fühlt es sich an, als würde es mich innerlich zerreißen.
Ich glaube, ich muss kotzen.

Warum war ich mir so sicher, dass Dong-Gyun keine Gefühle für mich entwickeln würde?
Das Ganze war von Anfang an unmöglich. Schließlich ist er mein Fan.

Es ist doch total offensichtlich, was er für mich empfindet.
Von wegen Date! Das mit uns sollte nie über Sex hinausgehen.

Wenn das so weitergeht ...
...
Pschhhh

Ich sollte es beenden, bevor alles unnötig kompliziert wird.

Ich werde mich nie mehr von Gefühlen wie Liebe durcheinanderbringen lassen. Eher friert die Hölle ein.
Pschhhh

Di
di
ding
Jiwon
Jiwon
Dong-Gyun, ich mach die Biege. Geh, wann immer du fertig bist. Das Essen habe ich bereits bezahlt.
...!!
Ah, Jiwon! Wann ist der denn gegangen ...?
Schreck

Warum musste er denn so plötzlich los?

Oh ...

... es regnet.
Fschhhhhh

Bah, ich bin echt bis auf die Knochen nass.
Rubbel
Rubbel

Ob Jiwon auch gut nach Hause gekommen ist? Er hat auf meine Nachricht gar nicht mehr geantwortet.
Es ist doch nichts passiert, oder?
Heute war trotzdem echt schön. Ich habe voll viel Neues über ihn erfahren.
Schade, dass er früher gehen musste! Ich hoffe, ihm hat es auch Spaß gemacht.
Oder war ich zu sehr auf mich fokussiert?
Hmm …
Nein. Nachdem er mir so wehgetan hat, war das genau richtig.
Damals dachte ich, es zerreißt mich.

Warum ist Jiwon überhaupt wütend geworden?
Ich weiß, dass ihr euch getroffen habt. Wollte MD, dass du bei seiner Show mitmachst?
Und warum dachte er, dass ich in MDs Stream gehen würde?

Liegt es daran, dass die beiden Rivalen sind?
Oder weil wir Fuckbuddys sind?
Hat Jiwon dafür nicht eigentlich zu emotional reagiert?
...!!
Fwupp

Ist nicht wahr!
Könnte es etwa sein ...
... dass Jiwon eifersüchtig auf MD war?

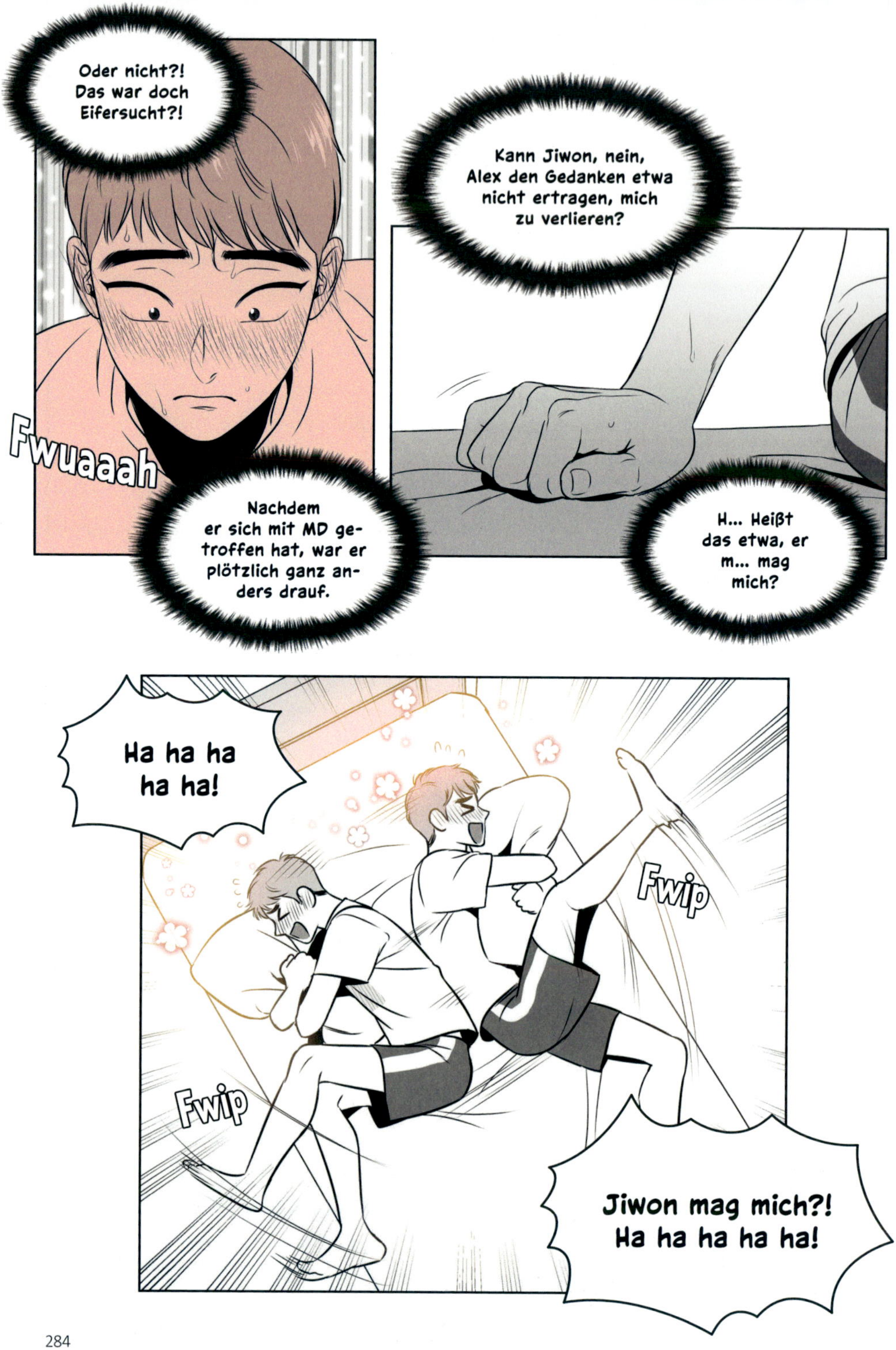
Oder nicht?! Das war doch Eifersucht?!
Fwuaaaah
Nachdem er sich mit MD getroffen hat, war er plötzlich ganz anders drauf.
Kann Jiwon, nein, Alex den Gedanken etwa nicht ertragen, mich zu verlieren?
H... Heißt das etwa, er m... mag mich?
Ha ha ha ha ha!
Fwip
Fwip
Jiwon mag mich?! Ha ha ha ha ha!

Hi hi hi
Flopp
Absolut
glücklich
Ach was, das ist doch unmöglich!
Aber wenn er mich wirklich mag, könnten wir doch ein Paar werden?

Wenn wir miteinander gehen würden, würde sich alles ändern, oder?
Er würde bestimmt viel netter werden und wir könn-ten mehr Dates wie heute haben ...
... und Sex ...
...
Schluck

Fwupp
Sst
Wo ist denn noch mal das Video, das Chanwoo mir gezeigt hat?
Wurde das nicht gedreht, nachdem die beiden Darsteller ein Paar geworden sind?
Klick
TagUndNacht1.mp4
...!

So sieht das also aus, wenn man sich beim Sex tatsächlich gernhat.
Das sieht echt total anders aus als bei Jiwon und mir ...
Badumm
Badumm

Die haben es gut ...
Badumm
Badumm
Wenn wir uns lieben würden ...

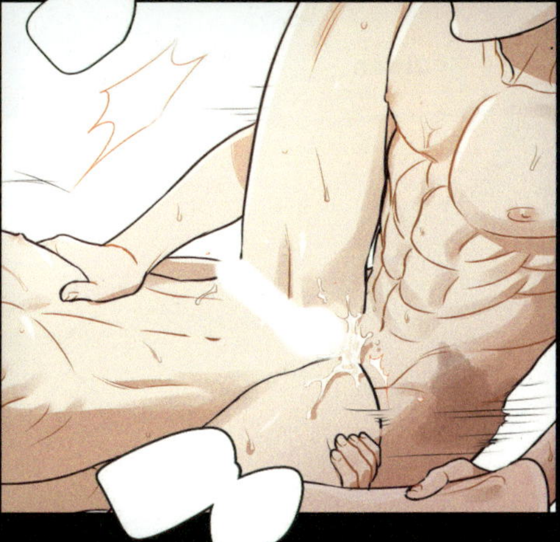

Jiwon ...
Jiwon ...
Jiwon, ich ...

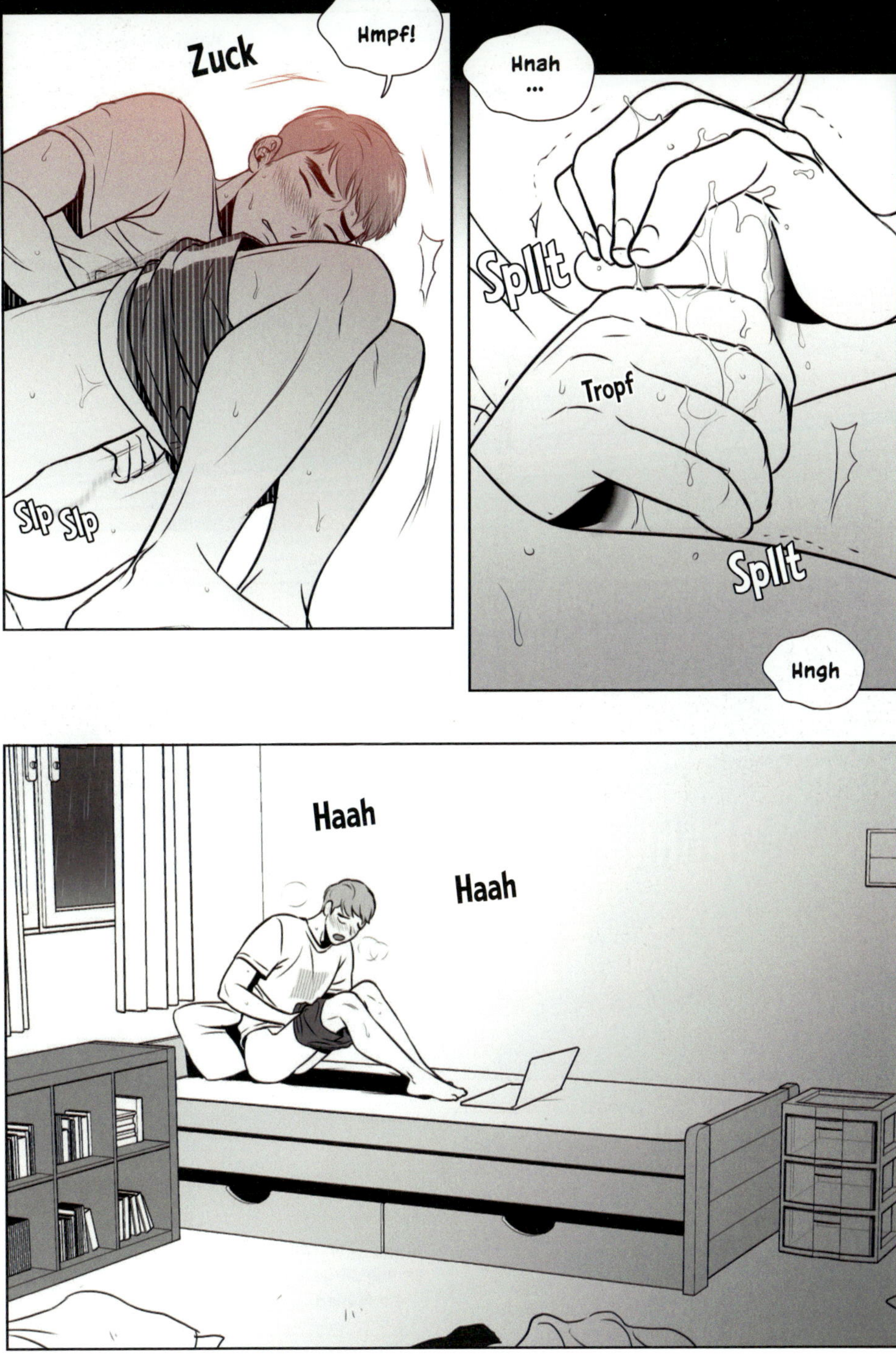

Zuck
Hmpf!
Slp Slp
Hnah
...
Spllt
Tropf
Spllt
Hngh
Haah
Haah

Mit der Zeit sind meine Gefühle für Jiwon immer stärker geworden.

Ich wünschte, er würde genauso fühlen ...

Fschhhhhh

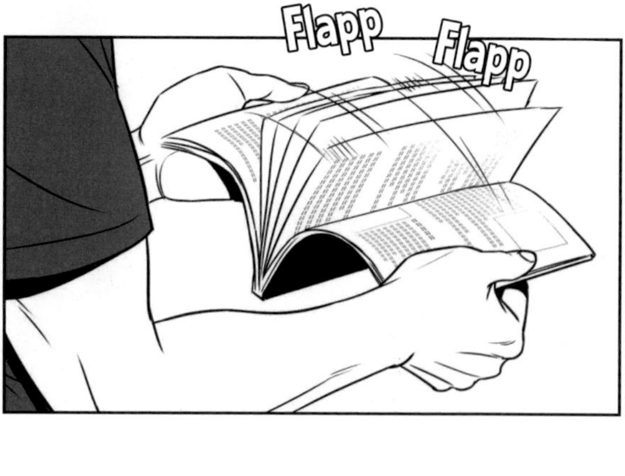
Flapp
Flapp

Flatter
Sswt

Flapp

Grapp

Ach Scheiße! Habe ich das nicht wegge-schmissen?

Fortsetzung folgt in Band 4

Killing Stalking

Koogi

Außenseiter Bum Yoon wird von allen gemobbt. Als ihm der gut aussehende Sangwoo zu Hilfe kommt, verliebt er sich Hals über Kopf in ihn. Doch aus seiner Schwärmerei wird bald eine echte Obsession, die ihn so weit treibt, in Sangwoos Haus einzubrechen. Und dort wird schnell klar, dass der Sonnyboy ein dunkles Geheimnis verbirgt und Bum Yoon so schnell auch nicht wieder gehen lassen wird ...

On or Off

A1

Student Yiyoung ist ein wahrer Glückspilz. Er sieht nicht nur blendend aus, sondern ist drauf und dran mit seinen Freunden ein Start-up zu gründen. Dazu muss er lediglich die SJ Corporation bei einem Vortrag als Sponsor gewinnen. Doch plötzlich kommt alles anders als geplant. Denn der zuständige Direktor Daehyung Kang ist genau Yiyoungs Typ!

Boys Love 18 +

In these words

Guilt|Pleasure: TogaQ | Kichiku Neko

Psychiater Katsuya Asano soll einem Serienkiller, der jahrelang sein Unwesen getrieben hat, ein Geständnis entlocken. Eingesperrt auf engstem Raum verwickelt ihn der charismatische Täter immer tiefer in seine Psychospielchen und die Grenzen zwischen Realität und Traum verschwimmen immer mehr ... Gibt es eine Verbindung zwischen Katsuya und dem Mörder?

Hyperventilation

Bboungbbangkkyu

Zu seiner Schulzeit war der an einer Lungenkrankheit leidende Myeong ein Außenseiter. Als er neun Jahre später auf einem Klassentreffen seine alten Schulkameraden wieder trifft, muss er jedoch feststellen, dass sich vieles verändert hat. Doch gilt dies auch für seine unerwiderten Gefühle für den damaligen Klassensprecher Seon-Ho?

altraverse

Deutsche Ausgabe / German Edition
Altraverse GmbH – Hamburg 2022
Aus dem Koreanischen von Miriam Holz

Writer/Artist Mingwa
Producer Kim, Yuni

Redaktion: Anne Faltin
Herstellung: Michaela Müller
Lettering: Vibrant Publishing Studio

Druck: Silber Druck oHG
Printed in Germany

MIX
Papier
FSC FSC® C083411

ISBN 978-3-7539-0273-9
1. Auflage 2022

www.altraverse.de